村上春樹と仏教

平野純
hirano jun

楽工社

村上春樹と仏教　目次

はじめに …… 10

第一部

第一章　村上春樹と「何かが終わってしまった症候群」 …… 16
村上春樹の文学は「無国籍的」といえるのか?
デビュー作が果たした「離れ業」の意味について。

第二章　『風の歌を聴け』の煩悩即菩提《ぼんのうそくぼだい》 …… 32
「孤独こそが癒しである」というメッセージ。
それはかつてない心地良さの革命だった。

第三章　「唯名論者」村上春樹の果敢な戦いとは …… 50
大乗仏教の唯名論の世界観。
一度「空」の鏡をのぞいた者は二度とその幻影から逃れられないのか?

第四章　村上春樹にみる「庶民的な」無常感覚 …… 76
村上春樹を揺り動かす「実体のない夢」の誘惑。
『1973年のピンボール』がくりだした「遊戯というコミットメント」とは。

第二部

第五章　村上春樹、悪魔祓いのコミットメントを始める……98
『羊をめぐる冒険』を舞台に遊戯は悪魔祓いに進化する。
「シュールにグローバルな、グローバルにシュールな」
世界的作家の誕生の舞台裏について。

第六章　村上春樹をとらえる「古い夢」の世界……123
村上春樹の作品に透けてみえる『般若心経《はんにゃしんきょう》』という古い夢。
『世界の終りとハードボイルド・ワンダーランド』に登場する
「安らぎの世界」の正体。

第七章　村上春樹を閉じこめる「空《くう》」の輪の秘密……149
村上のエッセイ「回転木馬のデッド・ヒート」が語る
「降りることも乗りかえることもできない」空の世界。
その無限の拘束性はどこからくるのか。
インド人が発見した「空の輪」の秘密とは。

第三部

第八章　『ねじまき鳥クロニクル』と『豊饒の海』の間……184
『ねじまき鳥クロニクル』に登場する古井戸の正体は唯識《ゆいしき》仏教のアラヤ識だった。
二つの作品をつなぐ唯識の世界観。
インド仏教史がおしえる唯識学派出現の歴史的な背景。

第九章　『海辺のカフカ』――鏡の世界のゴーストたち……210
『海辺のカフカ』の物語にひろがる華厳経《けごんきょう》的な鏡の世界。
万物照応の「ゼロの汎神論」。
唯名論《ゆいめい》の光のなかで夢と現実は見事にリンクする。

第十章　「均衡そのものが善」と『1Q84』の教祖は語る……225
1Q84は空に月が二つある世界。
密教系カルトの教祖が語る奇妙すぎる世界観。
村上ワールドの脱「空性論《くうせい》」をめざす新展開。

第十一章　『1Q84』のゴージャスで支離滅裂な世界……247
「パラレル・ワールドであってパラレル・ワールドではない」?
──教祖の思わせぶり発言がひきおこした大混乱。
しかし、そこには深い仏教理論的な意味が隠されていた。

第十二章　色彩を持たない多崎つくると、甘美なる涅槃《ねはん》への旅路……266
内気な駅の設計士多崎つくるの恋人の名は木元沙羅。
それは涅槃の原風景を物語る名だった。
村上春樹の初期仏教への先祖返りを劇的にしめす最新長編をめぐって。

おわりに……294

主要参照文献……297

村上春樹と仏教

はじめに

村上春樹というと「無国籍的でグローバルな作風をもつ作家だ」という評判が昔からあたりまえのようについてまわります。

しかし、はたしてそうだろうか？　というのが私の長年の疑問でした。

実際、村上春樹のデビュー以来の読者の一人としてその作品をながめると、一見「無国籍的でグローバルな」装いのもとに仏教的な論理と感性がすみずみまで息づいていることに気づかされます。

ときには「こんなに日本的でいいのだろうか？」という気さえしてくるほどです。

本書はこうした私の長い間の疑問を書物にしてぶつけてみたいという思いからうまれた試みです。

結論からいえば——詳しくは本文で論じる予定ですが——村上春樹は現代日本を代表する仏教作家です。

「世界文学」としての村上文学がもつ「普遍性」は日本仏教の普遍性ですし、よくいわれるそのコズモポリタニズムは仏教に由来するコズモポリタニズムにほかなりません。

もちろん、一口に村上文学といっても、作品ごとに個性や肌合いはさまざまです。

そのこと自体は、小説家にとって作品が子供のようなものであることを考えれば、驚くには値しないでしょう。何人か子供がいれば出来不出来のばらつきがうまれるのはもっともな話。なかには親から愛されない子供だってでてきます。

たとえば、一九八七年に発表された『ノルウェイの森』――本書の冒頭でもとりあげるように、世界的なベストセラーとなった作品で、村上春樹といえばこの作品を思い出す人も多いでしょう。

ところが、肝心の生みの親の村上自身にとってはどうやら納得のできる作品とはいえなかったようで、書き上げたあとの心境について「これは僕が本当に書きたいタイプの小説ではなかった」とこの作品に涙したファンが聞けばがっかりするような感想をのべているほどです。

ですが、にもかかわらず、『ノルウェイの森』にみなぎる「人間は終わっている」というメッセージのもつ無常観は、日本仏教を支える柱の一つとなった大乗仏教の「空」思想の世界観を強く連想させるものです。

しかも、それだけでなく、このベストセラーは、村上の鮮烈なデビュー作である『風の歌を聴け』の発するある重要なメッセージを見事に裏書きする作品にもなっている。

それが、「煩悩《ぼんのう》即《そく》菩《ぼ》提《だい》」というメッセージです。本文でものべるように、「菩提」とは「涅《ね》槃《はん》」のことで、仏教徒にとっては最終的な救済の境地を意味します。

「煩悩即菩提」とは文字通り、煩悩がそのまま菩提（最終的な救済の境地）であるということですが、この「煩悩」と「菩提」――両者の一致を支えるのが「空」思想の仏教的な唯名《ゆいめい》論《ろん》、すなわち世界は結局のところ名前だけ、「煩悩」も「菩提」も「空」であり、その背後に実体などないとする思想です。

村上春樹の唯名論的なアプローチにもとづく「空」の世界をめぐる追求はデビューから六年後、一九八五年に発表された『世界の終りとハードボイルド・ワンダーランド』で一つの頂点に達します。

村上のとりわけ初期の作品にみられる唯名論的な特質やその伝統的という意味での「古さ」については、柄谷行人による「村上春樹の『風景』」(『終焉をめぐって』所収)というすぐれた論考がすでにあります。ただ、その底に横たわる仏教思想史的な背景について突っ込んだ分析をおこなう試みは、不思議なことに、これまでありませんでした。

本書には――「目次」をみていただければわかる通り――「仏教作家」村上春樹の「全貌」を明かすために、デビュー後これまでに書かれた長編小説のうちの主要作品をすべて素材として登場させてあります。

いずれも村上の愛読者にはなじみ深いものばかりですが、それらの作品をファンの愛好と熱狂の対象にのみとどめておくのはいかにももったいない話です。

むしろ、ふだんは村上春樹を読まない、いや無関心な人々にこそその世界の面白さ、私なりに見いだした新しい魅力を知ってもらえば――そんな思いも本書をまとめるきっかけの一つになりました。

その願いがはたしてどこまで実現できたかものかどうか、いくばくかの不安を抱きつつ、
では始めることにしましょう。

第一部

第一章

村上春樹と「何かが終わってしまった」症候群

ノーベル文学賞候補

村上春樹と聞いてどんなイメージをもたれるだろうか？

無国籍性、コズモポリタニズム、グローバル時代の文学。

そして、もちろんノーベル文学賞に最も近い日本人作家。

おおむね、こんなところでしょうか？

いうまでもなく、これらのイメージは、どれ一つとして的をはずしてはいません。

ノーベル文学賞の件一つとってみても、現在、村上春樹以外の日本人作家の顔を思い浮かべるのは事実上困難です。またたからこそ、毎年ノーベル賞発表の頃ともなると、「今年こそいよいよ受賞か」と期待をこめて盛りあがりをみせるのが日本のメディアの「季節の風物詩」ともなっているわけです。

ところで、村上春樹についての右のようなイメージは日本人の間でのみもたれているわけではありません。

村上春樹の「無国籍性」

たとえば、ここにリチャード・パワーズというアメリカの現代文学を代表する一人の作家がいます。

一九五七年生まれですから、村上春樹よりも八歳ほど年下ということになりますね。

このパワーズが二〇〇六年に東京で開かれた村上春樹をめぐる国際シンポジウムに外国からのゲストの一人として招かれ、基調講演をおこないました。「時差ボケのせいで頭はほとんど幻覚状態」とご本人みずからが謙遜するわりにはウイットに富んで明快な、文字通り才気煥発を地でゆく講演になっています。

パワーズは、そのなかで、村上春樹とその作品についてこんなことを語っています。

グローバル化していく世界のための、国を超えた小説を書く中心的作家……彼の小説自体が、時代精神そのもの（傍点原文）。

シュールにグローバルな、そしてグローバルにシュールな小説家。

村上春樹の物語は、分散した自己を生きること、古い国家が消えていくなかで新しい国際主義を生きることにめざましい心地よさを見出しています。

こうしたシュールな、境界を越えたコミュニケーションの情景に、すでに村上春樹的な雰囲気が表されている。

『世界は村上春樹をどう読むか』

このうち「国際主義」にはコズモポリタニズムとルビが打たれていますが、そう、たしかに村上春樹の小説はそれがあたえる「心地良さ」のイメージと切ってもきれない。これについては、好き嫌いは別として、多くの人が認めるところでしょう。

また、パワーズの発言からは、村上春樹に関してこのアメリカ人作家がわれわれとほとんど同種のイメージを共有していることがよく伝わってくる。それはあたりまえというべきかもしれません。この国境を越えた「イメージの共有」、これこそが村上春樹の世界性の世界性たるゆえん、「無国籍性」のまさに大きな根拠にもなっているのですから。

毀誉褒貶はつきもの

さて、こうして人々から国際的な賞賛を受ける村上春樹ですが、とはいえ人間に毀誉褒貶《きよほうへん》はつきもの、村上にとって良いニュースばかりというわけではありません。

いまのべたようなイメージは大方の異論なく国際的に流通するものですが、他方では両刃の剣——村上春樹とその作品についてほとんど同じイメージを抱きながら、逆にそれを村上文学への批判の理由とする人々がいたとしても、それほど驚くには値しないでしょう。

二〇〇六年といえば、パワーズが出席した国際シンポジウムのあった年ですが、同じ年の暮れにでた当時の有力な月刊オピニオン誌『諸君!』にこんな論考がのりました。それは、

「『世界文学』としての村上春樹の〝普遍性〟——『ノーベル文学賞』騒動を振り返る」

と題されたもので、書き手は文芸評論家の富岡幸一郎です。

村上春樹は、この年の一月、二〇〇二年に発表した『海辺のカフカ』でチェコの権威ある文学賞「カフカ賞」を贈られたばかりでした。

また一九八七年に日本で発表された『ノルウェイの森』は韓国で翻訳版が発売されたのち、二〇〇二年には同国で五〇万部余りを売り上げる勢いをみせていました。一九九五年に完成した『ねじまき鳥クロニクル』も、各国で翻訳されてすでに反響を呼んでいました。

年齢的にも五十代後半という作家としていわば脂の乗り切った年頃、文字通りケチのつけようもない活躍ぶりを示していたわけで、そんな状況を前に、「村上春樹のノーベル文学賞をめぐるから騒ぎ」を揶揄《やゆ》する富岡もまた、「アジアから欧米までハルキ文学は、いまやグローバル時代を代表する世界文学となっている」と認めるほかなかったようです。

では、村上春樹の小説はいったいなぜこのように世界から高い評価を受けることになったのか?

耳にタコができた？

つぎにあげるのは、その点に関して、富岡自身が分析を試みた部分からの引用です。富岡はそのなかで村上春樹が「どうしてこれだけの広範な読者を獲得しているのか」と問いかけたうえで、「まずいえるのはハルキ文学の脱国籍性である」と指摘します。脱国籍性——ここに早くも聞きおぼえのある言葉がでてきましたね。

「国を超えた小説」
「新しい国際主義（コズモポリタニズム）」

と、さきにあげたアメリカ人作家のパワーズも同じ趣旨の内容を講演でのべていました。富岡は、『ノルウェイの森』を主な素材にして分析をおこないますが、村上作品の「無国籍性」について、韓国の春樹人気を念頭にこんなふうに敷延《ふえん》しています。

（それは）日本的な伝統や文化を特に感じさせないことである。韓国でハルキが驚くほど読まれているのも、そこに民族的なものが感じられず……無国籍的で理念を持たず、しかもポストモダン的な時代の雰囲気と気質を巧みに描き出しているからだろう。

『諸君！』二〇〇七年一月号

村上文学がはたして理念を持たないと本当にいえるのかは問題になるところですが、ここではとりあえず「ポストモダン的」という表現がでてきたことに注意しておいてください。

これは――この点についてはいずれ論じることになりますが――村上文学を語る論者たちが村上春樹が「世界的」になる以前から、ポジティブにであれネガティブにであれ、判で押したように持ち出してきたキーワードの一つでした。おそらく村上自身、この頃にはこの言葉については耳にタコができていたでしょう。

むろん村上春樹をめぐる評価上のキーワードは、これ一つにはかぎりません。現に富岡自身も、それに加えて、前出の『諸君！』の論考のなかでもう一つの言葉を用いてみせます。

センチメンタリズム――これもまた、村上文学についてよく動員される決まり文句、キーワードの一つです。

「何かが終わってしまった」症候群

面白いのは、この「センチメンタリズム」について、富岡がみずからつぎのような分析を披露していることです。

ここでも引き合いにだされるのは、記録的なあの大ベストセラー小説『ノルウェイの森』です。

『ノルウェイの森』（一九八七年）が日本で三百万部をこえて、まさに村上春樹が社会現象となった直後、私はその作品世界に漂うセンチメンタリズムについて次のように書いた。

《「私はもう終わってしまった人間なのよ。あなたの目の前にいるのはかつての私自身の残存記憶にすぎないのよ。私自身の中にあったいちばん大事なものはもうとっくの昔に死んでしまっていて、私はただその記憶に従って行動しているにすぎないのよ」

『ノルウェイの森』の住人たちは、なぜかこの「終わってしまった人間」たちばかりである。村上春樹の文学の特色といってよいセンチメンタリズムは、いうまでもなくこの「終わってしまった」という奇妙な感傷に根ざしているが、それが奇妙なのは、実際には何も終わってはいないのに、いや始まってすらないのに「何かが終わっている」と思い込んでいるところだ》（読売新聞八九年二月二十日夕刊）

同前

この意味の「何かが終わってしまった」症候群は、日本の八〇年代後半からの、ポストモダンあるいはポストヒストリーといわれる時代の空気にぴったり一致するものであった。

『ノルウェイの森』の住人たち

『ノルウェイの森』は、富岡もふれている通り、日本国内でも売り上げがミリオン・セールスを記録し、村上にとっても空前にして絶後（おそらく）の評判をとったラブストーリーです。

のちに映画化もされたこの小説のタイトルのもととなったのは、主人公の恋人だった女性が生前に好んで聴いていたビートルズの同名の曲です。

その恋人が死んで十七年目、彼女にまつわる記憶の消失の悲哀にうちのめされた主人公が二人のかつて共有した日々、彼女の死の直後にもたらされた深い喪失感との格闘とそこからの再生の思い出をたどる――これが『ノルウェイの森』という記念碑的な作品の筋立てでした。

そして富岡はさきほどの論考のなかで、

「『ノルウェイの森』の住人たちは、なぜかこの〝終わってしまった人間〟たちばかりである」

と辛辣にからかっていました。たしかに富岡の言葉に誇張はないようです。

主人公一人をとってみても、以前あれほど愛したはずの恋人の記憶の時間の経過による腐蝕に気づくことになった「僕」は、なるほど「終わってしまった」感を言動の端々から漂わせている。

それだけではありません。死んだ恋人の直子は十七年前に自殺することで自身を「終えて」しまった人間ですし、いまは「僕」の日々薄らいでゆく過去の記憶のなかに幻影として生き残っているにすぎません。

また、二人の高校時代の知人で直子の以前の恋人だった「キヅキ」という十代の少年も高校卒業を前に自殺した、つまり早々と「終わってしまった」人間の一人でした。

富岡が前出の村上春樹論で引用していた「残存記憶」云々という作中人物の台詞は、直子の親友で、彼女の死のまぎわに直子と同じ精神疾患の療養施設で過ごした「レイコ」のものですが、「レイコ」もまた以前周囲のすべてに裏切られたと感じることで「終わってしまった」人間にほかなりませんでした。

いまは三十七歳になった「僕」がドイツのハンブルク空港に着いたばかりの機中で偶然「ノルウェイの森」のBGMが流れるのを耳にして、心を「揺り動か」される場面から始まるこの小説には、レイコの台詞そのままに、遠い昔の自分の「残存記憶」のなかに生きる人間ばかりが登場します。

……(BGMの)音楽はビリー・ジョエルの曲に変った。僕は顔を上げて北海の上空に浮かんだ暗い雲を眺め、自分がこれまでの人生の過程で失ってきた多くのもののことを考えた。失われた時間、死にあるいは去っていった人々、もう戻ることのない想い。

そう、ここに、『ノルウェイの森』の本の帯のキャッチコピーをそのまま借りるならば、「限りない喪失と再生を描く究極の恋愛小説」が甘美に幕をあけるわけです。

時代の精神との共振

ところで、『ノルウェイの森』という小説は、何もこのキャッチコピーがふれているテーマだけを理由に歓迎されたわけではありませんでした。実際、――村上が属する日本文学にかぎってみても――「喪失と再生」をテーマに据《す》えた小説ならば、これまで村上が登場する以前にも掃いて捨てるほどあったからです。

それどころか、このテーマをまったく持ち合わせていない日本の「近代文学」など探すのはほとんど困難なほどです。

これは当然だといえるでしょう。明治時代になって西洋から輸入された文学は、世界のなかに生きる自己について描くものだった。それは最初から西洋的な「自己（self）」という概念を前提とするものだったからです。そして、荒々しくしばしば制御不能に感じられる周囲の世界と「自己・自我」との関わりを人が問おうとするとき、そこにさまざまな格闘（少なくとも葛藤）の回路を通じて「自己・自我」の側に否応なく生じた「毀損《きそん》」のありようが、前面化してくることになる。

日本の近代文学はこの西洋文学がもっていた基本的な型をそっくり取り入れる形で生まれた。別の言葉でいえば、それはそもそも何かを「失ったこと」――たとえ「得た」場合でもそれと引きかえに「失った」何かがあること――を描くところに誕生した歴史的な概念だったのです。

この意味で、「失ったもの」への後ろ髪感覚の一グラムもない人間（本当にそんな人間がいるとして）は、残念ながら文学とは無縁の存在というしかありません。エンターテインメント系小説とそれ以外の小説とを問わず、主人公がどれほどあっけらかんと「前向き」にみえる小説でも、そこにはキャラの能天気ぶりを引き立てる「織り糸」として必ず「喪失の悲哀」が物語の裏地に縫い込まれているものです。また、そうでなければたくさんの人々の胸を打つ作品にはなりません。

ですが、村上の作品を考える場合、このことのみを取り出して論じてもあまり意味はないように思えます。明治以来だれもが書いてきた「喪失と再生」をめぐる物語、それがなぜ村上の場合にかぎってこれほど多くの読者を魅了し、驚異的なまでに時代の精神と共振したのか――議論の核心はここにあるからです。

またこの点こそが、富岡が「村上春樹のノーベル文学賞をめぐるから騒ぎ」についての論考でいみじくも指摘、いや批判していた『ノルウェイの森』発表当時の日本社会を支配していた空気感、その分析の表現にしたがえば時代の症状ともいうべき現象でした。

そう、それこそはまさに、

「何かが終わってしまった」症候群――。

『イマジン』から相田みつをへ

要するに富岡の見立てでは、日本社会のなかで何か大切なものが蒸発してしまった。少なくとも多数の人々がそう感じていた。そんないわば時代の共通感覚が村上作品を熱狂的に迎えいれさせたのだ——というわけですが、ただ、そう見たところで問題はその先にあります。たとえば、日本の場合だけをとって考えても、村上文学の人気は本当にこれだけで説明がつくのでしょうか？

凡百の作家ならばともかく、今日の日本での圧倒的な村上春樹の人気の理由は、はたして「症候群」というような表面的な文句一つで要約できるものなのでしょうか？

ここで、仮に富岡が指摘したたぐいの症候群があったとしましょう。そして、統計数字的にはともかく、観察可能な規模でそれが人々をとらえていたと仮定しましょう。しかし、たとえそうだとしても、それを思いがけず簡単に浮上させる何か大きな別の要因がそこにはあったのではないでしょうか？　ここであらためて論じたいのはそのことです。

一九七一年、ビートルズの一員だったジョン・レノンは「世界が一つになること」を夢見て『イマジン』を発表しました。かれはそのなかで、すべてが終わった世界を想像せよ、と高らかに謳《うた》いあげました。

批評家の浅羽通明《みちあき》は、大杉栄から松本零士、笠井潔に至る日本のアナキズムの系譜をたどった刺激的な著書『アナキズム』のなかで、こうのべています。

『イマジン』でジョン・レノンは、天国と地獄、国境、所有がなくなった世界を想像せよと誘ったが、「想像してごらん自我なんてないって」とはさすがに歌わなかった。しかし、日本人にこの発想はそう珍しくもないはずだ。相田みつをだって、これくらいはいう。

相田みつを（一九二四～二〇〇三）は、独特のベタ感あふれるアフォリズムとほんわかとした癒し系の書風の書で知られた詩人にして書家。

村上と同様に作風上の個性の際立った存在で、それゆえにまた、詩にせよ書にせよその作品は熱狂的に好かれるか熱狂的に嫌われるかのどちらかになりがちという宿命をまぬがれない。

「にんげんだもの」という相田の有名な書はひと頃は日めくりカレンダーや色紙にもなり、居酒屋の壁などに飾ってあるのをよく見かけましたから目にした方も少なくないでしょう。

それにしても、村上春樹と相田みつを――なんだかこうして並べただけで興味をそそられる取り合わせです。

一九四九年生まれの村上は、年代的には日本のビートルズ世代に属する作家の一人です。

村上春樹のデビューは一九七九年、『イマジン』が発表された八年後でした。

デビュー作品となったのはこの年の講談社の群像新人賞を受賞した『風の歌を聴け』。

それは、文字通りひときわ鮮烈な印象を放つ作品でしたし、私自身、読んだときに味わった一瞬目が覚めたような気分をいまでもよく憶えています。

この作品についてはすでに多くの人々が論じていますが、文芸評論家の伊藤氏貴《うじたか》も、私と同様に鮮烈な印象を得た読者の一人だったようです。

『風の歌を聴け』の画期性

伊藤には『風の歌を聴け』を素材の一つに村上春樹の世界を論じた「孤独をめぐる冒険」というすぐれた論考があります。

二〇〇八年に国文学系の雑誌に発表されたもので、「孤独」という概念を切り口に、村上文学が果たした文学史における冒険的な意味について詳細に論じている。

伊藤はこの論考の冒頭で、村上のデビュー作の『風の歌を聴け』が描こうとした「孤独」の新しさに関して考察するのに先立ち、このような問いを投げかけています。

孤独がそれ自体癒しとなるとはどういうことだろう。

『国文学解釈と鑑賞』別冊「村上春樹」所収

また、この文章につづけて、伊藤は、「孤独と癒しを等号で繋《つな》ぐ」村上特有の発想や「差異すらもてない孤独（への変容）」などをさらに指摘していますが、いずれにせよ、それらは、この小説のテーマの核心を一言で要約せよといわれればほとんどそのどれかだけですみそうなほど言い得て妙の表現となっています。

孤独は仏教では人間を苦しめる根本原因としての煩悩、すなわち迷いの一つだとされる。

また仏教が説く癒しとは究極のところ救済にほかなりません。
実際、私は、この伊藤の文章、とりわけ「孤独がそれ自体癒し」という言葉を目にしたとき、ある一つの言葉を思い出しました。

煩悩即菩提

じつは、この五文字のフレーズはこれから村上春樹の作品をみてゆくうえで鍵となるものです。「はじめに」でもふれたように、この言葉を裏で支えるのは「空」思想の仏教的な唯名論です。

周知のように、村上春樹はデビュー以来今日まで十三の長編を中心に多くの作品を発表してきました。が、そのなかで『風の歌を聴け』についていえば、日本のいわゆる玄人筋の文芸評論家からはほとんどの場合軽量級の作品として片づけられてきたというのが実情でした（むろん、あくまで一般に代表作との評価が高い『ねじまき鳥クロニクル』や『1Q84』などの大作との比較の文脈において、の話ですが）。

これについては海外でも事情は変わらないらしく、『風の歌を聴け』はその翌年の第二作『1973年のピンボール』と合わせて稚拙さが目立つという理由から欧米のエージェントたちも最近まで翻訳に二の足を踏んでいたと聞きます。

だが、国内外のこれらの、純粋なあるいは商売がらみの読みのプロたちがどういおうが、

『風の歌を聴け』は、日本の一般読者（フツーの読み手）の多くにとっては、村上作品のなかでも「画期性」において屈指といってよい作品です。

それはまさに「近代的自我の確立」という本来どうでもいいような大命題に大げさに幻惑され、振り回されてきた当時の日本人の多くの読者に目覚めの一撃をあたえました。その中心にあったのが、伊藤のいう孤独と癒しをフラットに結びつけるというたしかに意表をつくといってよい選択でした。そして、村上はこの達成をデビュー作でやってのけたのです。それもいとも無造作に。

しかし、と問題はここでもその先にあります。もしそうであるならば、そんな離れ業がなぜ村上春樹にかぎって可能だったというのでしょうか？　また、そもそも、そこで人々が感じた鮮やかな目覚めとは、本当のところ、何を意味していたのでしょうか？

次章では、本章で見てきた『風の歌を聴け』を素材に、その問題について考えるところから始めたいと思います。

キーワードは次章の冒頭にかかげてある言葉です。

第二章
『風の歌を聴け』の煩悩即菩提

村上春樹はコロンブスの卵

コロンブスの卵という言葉があります。

これから村上春樹について書くのはこのことです。

本当はコペルニクス的転換という言葉を使ってもよいのかもしれません。ですが、この言葉では、『風の歌を聴け』が、発表されたときその内容に接した多くの日本人の読み手にあたえた「目覚めの一撃」のニュアンスがうまく表せない。

それでは、『風の歌を聴け』におけるコロンブスの卵とはなんだったのでしょうか？

それはこの作品に一貫して流れる、

〝世界は課題であることをやめた〟感

ともいうべきトーンそのものでした。

これにさきほどのべた、

孤独がそれ自体癒しとなる

という文章を掛け合わせてみてください。

いったいなぜ、この作品が一部の人々の憤激を買い、また別の人々にはそれとは反対に新鮮な解放感をもたらすことになったのか、まえにとりあげた「近代的自我の確立」とか「主体性の確立」という大課題にとりつかれた人々によってになわれた日本の近代文学の特質をかえりみるまでもなく、理由の過半はこの二つの文章の醸《かも》す印象だけで想像がつくのではないでしょうか？

私は本書の第一章で、西洋の近代文学は「自己（self）」という概念を前提に「自己」と「世界」との格闘を物語るものだと書きました。

この格闘の結果の傷として人間の内部に生まれるもの、それが西洋人が「孤独」と呼んできた感情にほかなりません。この格闘はもっとアグレッシブに「世界との闘争」という言葉に置き換えてもよいかもしれません。そして――以下はいささかアイロニーをこめていうのですが――この「孤独」は日本の近代知識人にとってある意味で手放せない玩具となり、また最大の武器ともなった。

つまり、この「闘争」をいかに西洋人風に、孤独という病を我が事のような深刻さで演じてのけるか――かつての「新劇」の赤毛物で西洋人になりきった名優たちがそうしたように――、その達成の見事さこそが知識人の大きな存在理由となったのです（この意味で、村上春樹という作家が一九七〇年代という「新劇」凋落《ちょうらく》の季節の最後に現れたことは興味深い暗合の一つです）。

文学史に残る「心地良さの革命」

ところで、一般に文学者というと何やら知識人めいたイメージが浮かびますが、面白いことに小説家というのは、一般に、そう見られるのをひどく嫌がる人種です。

もっとも、同じ文学者でも、大学できちんとした文学研究の学位論文を得た大学教授などはごく自然に自分を知識人だと思っているかもしれないが、小説家の多くはみずからを知的な無法者と感じ、しかもそれを心ひそかに（子供っぽいといえば子供っぽいのですが）誇るところがある。

むろんどこからみても知識人に思える人で小説を書く人はいますが、「小説を書けば知識人になれるわけではない。むしろ反（ｏｒ非）知識人ぶりに磨きがかかるよ」と多くの小説家たちはホンネでは考えるようです。

村上は九〇年代前半の滞米生活のあいだにプリンストン大学の客員教授にむかえられますが、帰国後の対談などでは、米国の知識人たちとの付き合いのなかで感じたある種の居心地の悪さ、疎隔感が当初の予定を切りあげて日本に帰ることを決意した理由の一つになったと語っています。

そういえば、以前、村上を特集した雑誌の記事のなかで村上は米国滞在中に東部の知識人のサークルに「なんの違和感もなく」溶けこんでいたとその知識人ぶりを無邪気な調子で賞賛していたアメリカの文学関係者がいましたが、これなど場合によってはホメ殺しの結果になりかねないかもしれません。

少なくとも、『風の歌を聴け』でデビューした当時の村上もまた、自伝的エッセイと銘打った二〇一五年刊のエッセイ『職業としての小説家』で語っているように、センスのよいジャズバーの経営者であり、みずからも認める通り、いわゆる「知識人」ではありませんでした。

そしてこのことが『風の歌を聴け』という日本文学史における革命の実現に大きな意味をもたらします。

もっとも、この小説の中身は――海外のエージェントたちが「稚拙」と無遠慮に評したように――たしかに他愛のないものです。

いま、私の手元には、『風の歌を聴け』の講談社からだされたオリジナル・カバー版の文庫があります。

ここで、その裏表紙にのせられた内容紹介のための文章を読んでみましょう。

一九七〇年の夏、海辺の街に帰省した〈僕〉は、友人の〈鼠〉とビールを飲み、介抱した女の子と親しくなって、退屈な時を送る。二人それぞれの愛の屈託をさりげなく受けとめてやるうちに、〈僕〉の夏はものうく、ほろ苦く過ぎさっていく。青春の一片を乾いた軽快なタッチで捉えた出色のデビュー作。

本書の読者には、村上春樹の作品をふだんあまり読まなかったりあるいはまったく縁のなかった方もおられるでしょう。村上作品の登場人物にそれほどなじみのない方のために補足しておくと、内容紹介に〈鼠〉とあるのは本当のネズミではありません。これは第二作、第三作にも顔をだすことになる主人公の親友のニックネームです。

ただ、「愛の屈託」についていえば、なるほど本人たちの口から語られはします。が、実際に読んでみると、これはいかにも中途半端なものですし、〈僕〉の方も、それを「さりげなく受けとめて」いたというよりは、むしろ、どこか超然とやりすごしていただけの印象がつよい。

つまり、その程度の「ほろ苦く過ぎさっていく」屈託だったわけで、内容紹介の結びの一文にある「乾いた軽快なタッチ」こそはそんな屈託を描くのまさにふさわしいもの、またそれに対して主人公が終始みせた「コミットなきコミット」然とした対処の趣きを伝える文句としても過不足のないものでした。

事実、この〈超然〉と〈乾〉と〈軽〉のハーモニー——その初々しさのつきまとう結びつけの手ぎわの鮮やかさがあってこそ、孤独と癒しとをイコール符号で繋ぐというあのような目の覚める離れ業が生まれた。

それは、たしかに当時の日本の多くのとりわけ若い読者の胸を打つことになったのです。

そこにあったのは、――決して大げさではなく――まるで一瞬自分が体ごと風になったような清涼な解放感、「心地良さの革命」ともいうべきものでした。

「煩悩即菩提」という解放

いうまでもなく、村上春樹自身は、このときはまだ、「村上春樹以前の村上春樹」とでもいうべき、作家と呼ぶにはまだ生成途上の存在にすぎなかった。

そんな一人の作家志望者のものした「若書き」ともよべる作品が革命（伊藤のいう「孤独をめぐる冒険」）を生み落とした。それはすでにみてきた通りです。

しかし、問題はこれだけでは終わりません。なぜなら、革命とはそもそもそんなに心地良いものであり得るのでしょうか？

孤独こそ癒しである――この達成に対する疑いはここに生じます。

実際、文学史をくわしくひもとくまでもなく、煩悩即菩提――これが近代以前の日本人が解放の境地としてごく普通に謳いあげてきたものであったことは明らかです。

そのことをわれわれにおしえる文例を近代以前の文章に探そうと思えば事欠きはしません。

歌ふも舞ふも法の声、悪といふも善、煩悩といふも菩提なり。

と一六〇〇年代の仮名草子、『露殿《つゆどの》物語』のなかの登場人物の一人はこう語ります。
これに「風」のイメージを加えて、別の表現でまとめるならば、

夢の浮世に鐘鳴りて
風の音に聞く煩悩即菩提

あるいは、やはり「風」を絡めて、

世の中の夢か現《うつつ》か生死《しょうじ》なき、無常の境に風吹きめぐりて……

とまさに四百年前当時の読書好きの庶民を酔わせた紋切型表現の羅列の世界に重ねることができますが、そこに語られる世界にはもはや近代的な意味での愛も憎しみも、孤独の哀しみもありません。すべては風なのですから。

何をか捨て、何をか取り、何をか愛し、何をか悲しむべけん、煩悩即菩提なればなり。

『七人比丘尼』

そう、人の世は一見心の折れる出来事ばかりだが、しかしそれもすべては風の悪戯、人は超然とやりすごしてゆくにかぎるというもの——なぜならそれこそは真の意味での自由であり、解放の境地にほかならないからです。

そして、ここにいう「風」が仏教では伝統的に「無常なるもの」を象徴する言葉であったことは、『平家物語』を学校の教科書で読んできた日本の読者にはいまさら断わるまでもない話でしょう。

始まる前に終わっていた

さて、本書の冒頭で、富岡幸一郎による一九八〇年代後半（まさにバブル文化の全盛期）の一時期に日本人にとりつくことになった「『何かが終わってしまった』症候群」に関する指摘についてとりあげました。

そして、それは他の作家をよせつけない絶大な村上春樹の人気を説明するうえではたして充分なものか、たとえそうだとしても、単に一つの時代が生んだ症状としてそれを片づけてよいものだったのかとのべました。少なくともそこにはそうした症状をいとも易々と表面化させる何か別の要因があったのではないか——というのがそこでの私の問いかけでした。

また、それに関連して、『風の歌を聴け』が一般の読者にもった「画期性」とは、明治このかたの日本人の大テーマ、「近代的自我の確立」につきまとう特有の問題性に関するものだったという点に関してもつけ加えておきました。
ここで、浅羽通明のつぎの文章をもう一度思い出してください。

……ジョン・レノンは、天国と地獄、国境、所有がなくなった世界を想像せよと誘ったが、「想像してごらん自我なんてないって」とはさすがに歌わなかった。しかし、日本人にこの発想はそう珍しくないはずだ。相田みつをだって、これくらいはいう。

私にいわせれば「相田みつをだからこそいう」のですが、この点についてはのちほど第四章、さらに第六章と第七章でページを割いてたっぷり論じるつもりですので、ここではスルーしておきましょう。
右の浅羽の指摘は意表をついた鋭いものですが、ここで考えておきたいのは、さきに私が記した問題の「症候群」の浮上をうながした「別の要因」についてです。
富岡幸一郎は『ノルウェイの森』が反響を呼ぶさなかの新聞に、問題の「『何かが終わってしまった』症候群」にふれながらこんなふうに書いていました。

それが奇妙なのは、実際には何も終わってはいないのに、いや始まってすらないのに「何かが終わっている」と思い込んでいるところだ。

しかし、煩悩即菩提の世界とは、そもそも始まる前に終わっている世界の別名だったのではないでしょうか？　つまり、村上春樹が『風の歌を聴け』をひっさげてデビューした時代、その作品に熱狂した人々のなかですべては本当に「始まる前に」終わっていたのではないか？

本章の初めにコロンブスの卵という言葉を使いました。私がそこでいいたかったのはこういうことです。

一九七九年の段階で、読者となった人々の多くはとっくに気づいていたのではないのか、日本の「近代知識人」の底の浅さ、その「自己」対「世界」の戦いの嘘臭さに。かれらは何かを始めたつもりなのかもしれないが、そんなものはじつは初めから終わっており、何かの思い込みのもと幻の風車に突進するある種の滑稽な騎士（もとより本場のドン・キホーテとは違う形と意味での）をかれらは演じてきただけなのではないか？

ただ、そうはいっても、ことがことだけにそれを口にするのはなんとなくはばかられた。さすがにそんな簡単な話であってよいのかとひるむ気持ちもあったでしょう。また、知識人に対するアンビバレントな遠慮のような感情もはたらいたかもしれない。

村上のデビュー作の「革命」、それはこのだれもが薄々と感じていた「真実」をはっきり口にしたことでした。

そして、それは文字通り、無類の解放感となって若い読者の心をわしづかみにしたのです。

それは、これぞカタルシスというべき体験、胸にもやもやとわだかまる重い課題であったはずの何かが目の前で弾け消えた瞬間の体験でした。

要するに、その一瞬、かれらはスッとしながら天才バカボンのパパのように思ったのです、「これでいいのだ」と。

しかし、もう一度いいますが、これは本当に革命だったのでしょうか？

村上春樹とはなにか

「王様は裸だ」と人垣のなかで真っ先に叫ぶのは昔から子供だと相場がきまっています。

西洋のであれその他の地域のであれ本場仕込みのぶ厚い教養を生まれつきよく出来た頭に詰め込んで咀嚼《そしゃく》した、額のひろいいわゆる知識人とよばれる人々の目には、この村上の革命はなるほど噴飯もの、子供っぽい仕業に映ったかもしれない。

しかし、それをいうなら、卓上にあざとく卵を打ちつけてみせたコロンブスにせよ充分に子供っぽかったのです。

さきほど村上が小説家として知識人のサークルの外にいたことがその革命の成就を助けたとのべたのは、じつはこのことをさしています。

この種の離れ業を目にした人々は、ときに舌打ちまじりに言い立てます。そんなことは皆が本当は心のなかで思っていたことだと。

ですが、心のなかで思うのとそれをハッキリと口にするのとでは天と地の違いがあるのです。

また、「それは反則技だ」とクレームをつけるのも無意味です。このたぐいの行為の価値は、物事を見る枠組みとしてのパラダイムの転換にあるからです。そしてパラダイム転換についていえば、言葉は悪いが、やったが勝ちなのです。

ただ、私がここで話したいのは、じつはそのことではありません。ましてやご先祖様愛用の古着、仏間の線香の匂いが染み込んだ着物を「アメリカ仕込みの見たこともない服」と感じた一部の読者のそそっかしさについてでもありません。

第一そんなそそっかしさならば、まったく持ち合わせていない日本人など一人もおりません。またそうした軽率さがあったからこそ、私たちはアジアの他の国にさきがけて、西洋的な国民国家の建設という大事業に国民一丸、いち早く手を染めることができたのです（当然、外部の目からは何かにつけ戯画の対象になりやすい特有の滑稽さという代償を払いながらのものになりましたが）。

ですから、私がいいたいのはそのことではありません。そうではなく、村上自身がデビュー作に対してその後なぜ、またどのように距離をとることに成功しまた失敗したのかという、その理由についての話です。

なんだそんなことかといわれても困ります。私がここで書こうとしているのはいずれにせよ二十一世紀の世界の行方を決するような大問題ではなく、村上春樹とはなにかという人類や地球の行く末とはどうみても関わりのなさそうな小問題なのですから。

「ハルキ的」雰囲気

村上春樹は——あとでくわしくふれるように——村上ファンならばその名をよく知るだろうある臨床心理学者との対談のなかで、自分が小説を書き始めたのは自己治療のためだったという興味深いことをのべています。

実際、この村上春樹という稀有の才能の持ち主は『風の歌を聴け』で彗星のように文学の世界に登場しました。そして伊藤氏貴のいう「孤独は癒しである」という甘美にして虚をつかれる目からウロコの世界を描きあげた。

意外に思う人がいるかもしれませんが、小説家は一つの作品を書きあげた瞬間、その作品の世界から自由になります。

二〇一四年に季刊『文藝』という文芸誌の座談会で「症状を他人に話すことが治療になる」というフロイト理論は必ずしもよく証明されていないのだと精神臨床医の斎藤環《たまき》が語っていましたが、おそらくこの問題のキモは、「治療になった」と——理論はどうあれ——当の本人たちがなぜか感じてしまうことそれ自体にあるのでしょう。

そして多くの小説家は、「自己治療」の結果、書きあげた世界を読者が本という形で手にした瞬間にはその世界とはすでに離れた位置にいるわけで、この一種詐欺にも通じる感覚というかうしろめたさを味わったことのない小説家は一人もいないでしょう。

村上春樹は『風の歌を聴け』のなかで、

我々には生もなければ死もない。（すべては）風だ。

と書きました。じつをいうと、これは、仏教思想に親しむ人間には聞いた瞬間にストンと腑に落ちる言葉です。なぜならば、

煩悩即菩提

が大乗仏教が唱える代表的なフレーズの一つということはまえに書きました。

そして、このフレーズが説かれるときにきまって対句として用いられるやはり五文字からなる文句がある。それがまさに、

生死《しょうじ》即《そく》涅槃《ねはん》

というフレーズなのです。仏教思想史関係の概説書のたぐいをお読みになった方は、「一《いっ》切《さい》衆生《しゅじょう》悉《しつ》有《う》仏性《ぶっしょう》」や「草木《そうもく》国土《こくど》悉皆《しっかい》成仏《じょうぶつ》」といった決まり文句と並んで、必ずこの二つのフレーズがならんで登場するのを発見するでしょう。

仏教で「生死」というのは、煩悩にまみれた生と死の際限のないくりかえしを意味します

が、そこでは「生」と「死」は究極のところ一つのものだとされる。それを端的にしめすのが「不生不滅《ふしょうふめつ》」という言葉です。人間における「滅」とは死のことです。

つまり、村上春樹は、一九七九年にデビューした当初から大乗仏教の中心的なスローガンを三つながらにたずさえていたことになりますが、ただし、ここで重要なのはそのこと自体ではありません。

というのもデビュー作を書きあげた二十九歳の村上は、この大乗の無常の光に満ちた「風の世界」から、さきにふれた通り、すでに一歩も二歩も踏みだそうとしていたからです。

そして、それは、あとからふりかえれば、村上春樹という小説家の今日に至る歩み、往きつ戻りつへの始まりでもありました。

では、一歩いや二歩も踏みだしながらなぜ村上はそのようにそのつど往きつ戻りつしなければならなかったのか？　結局のところ最初の世界の受け入れに終わらねばならなかったのか？

伊藤氏貴は、さきほど紹介した村上春樹をめぐる論考のなかで、村上作品の登場人物が皆どこか似通っていることを指摘し、それを「『ハルキ』的雰囲気」と名づけました。伊藤はそのうえでこんなふうにのべています。

（村上作品の）主要な人物には、程度の差こそあれ皆この「ハルキ」的雰囲気が漂っている。「風の歌」の「風」がこの「ハルキ」的空気なのだと言ってもよい。そしてデビュー作から多少の変遷はあれ、村上作品は一貫してこの「『風』の歌を聴け」と読者に迫りつづけている。

また、村上作品にくわしい文芸評論家の川村湊《みなと》は、伊藤の論考をのせた同じ雑誌の「座談会――村上春樹の魅力」のなかで、村上の長編作品が示す共通のパターンについて語っている。

言ってみれば非常に壮大なワンパターンでありマンネリズムなんですけど、それを読むことに多くの読者が快楽を感じている。それは私も同じで、そこに一番重要な問題があるんだろうと思うんですけど、なかなかそこに踏み込めない。

『国文学解釈と鑑賞』別冊「村上春樹」

「風の音だけが残った」

ちなみに、この掲載誌は二〇〇八年に発売されたもので、したがって伊藤の論考も川村の発言も、当然ながら『1Q84』や『色彩を持たない多崎つくると、彼の巡礼の年』が発表される以前のものです。

ですが、川村のいう「壮大なワンパターン」「マンネリズム」や伊藤の指摘する『風の歌を聴け』以来の村上作品のメッセージのトーンの一貫性についての見方は、その後のこの二作をふくめた村上の諸作品を読んだ後もなお変更する必要を感じさせません。

とりわけ伊藤のいう「風」、これは「『ハルキ』的雰囲気」の世界にそれこそ回転木馬のオルゴールのようにメロディを奏で続ける何かでしょうし、村上作品の愛読者ならば、『1973年のピンボール』のなかの、

いやいいんだ、と人は言う、たいしたことじゃないんだ。風の音だけがあたりを被う。たいしたことじゃない。

といった台詞、また村上が二〇一三年に発表した最新長編『色彩を持たない多崎つくると、彼の巡礼の年』の最後の一節が、

あとには白樺の木立を抜ける風の音だけが残った。

と結ばれていたことを思い出すはずです。

これに関連して、文芸評論家の菅野《かんの》昭正が以前こんなことを語っていたのを思い出します。二〇〇七年のある新聞のインタビューのなかでのコメントです。

村上春樹さんも旺盛に小説を発表しました。全共闘世代の彼は、闘争がうまくゆかないと知った時、そこから降りて外界から距離をとりながら自分を守る生き方を文学的に探ってきたように感じます。自分の場所から外に小説が出てゆかないところがある。

読売新聞二〇〇七年六月十九日夕刊

菅野のこの発言も『1Q84』の発表以前のものですが、やはり、その後の村上が著した作品にもそのままあてはまるものです。

これらはいずれも、私がさきにふれた村上による「往きつ戻りつ」に関する発言ですが、ここではそれに関して私が使った回転木馬のオルゴールという比喩に注意しておいてください。

また、私が村上作品を歓迎した若い読者のなかですべては始まる前に終わっていたのではと書いたことにも。

村上のデビュー作はその鮮烈さにおいて、まさに「心地良さの革命」ともいうべきものでした。

もしいまの読者にそれがピンとこないというのならば、それは「革命」の成果がいまやあたりまえのものになったからにすぎません。

しかし、もう一度いいますが、本当の革命とはそんなに心地良いものなのでしょうか？

第三章では、この問題についてさらに別の角度から掘り下げてみたいと思います。

第三章

「唯名論者」村上春樹の果敢な戦いとは

デタッチメントが重要だった

ところで、「人間が終わる」とは、そもそもどういうことなのでしょうか？

生物学的な死でないことはさきに引いた『ノルウェイの森』のレイコの発言から明らかです。

なぜなら、「私はもう終わってしまった人間なのよ」と話すレイコ自身は現に生きて存在しているからです。

つまり、これはあくまで本人にとっての感じ方、意識の問題なのだということがわかります。

村上の『ノルウェイの森』は、主人公の深い喪失と再生の記憶のあれこれが、主人公をふくめて「終わってしまった」感あふれる人々の姿を通じて甘美に物語られる小説でした。

富岡幸一郎がそこにまつわりつくように漂う「奇妙な感傷」について批判したこともすでに見た通りです。

ところで、ここに、河合隼雄《はやお》という有名な臨床心理学者がおります。いや、この方は二〇〇七年に物故されましたから、本当はおられたと書くべきなのでしょうが、生前はユング派の心理学者として大変著名だった方で、一時は文化庁長官もつとめ、村上春樹は公私ともに親しくしていました。

その河合隼雄との対談をおさめた一九九六年にだされた本のなかで、村上は、デビューしたばかりの自身について「デタッチメント（関わりのなさ）というのがぼくにとっては大事なことだった」とふりかえったうえで、つぎのようにのべています。

> 僕が小説家になって最初のうち、デタッチメント的なものに主に目を向けていたのは……デタッチメントの側面をどんどん追求していくことによって、いろんな外部的価値……を取り払って、それでいま自分の立っている場所を、僕なりに明確にしていこうというようなつもりがあったのだという気がします（傍点原文）。
>
> 河合隼雄・村上春樹『村上春樹、河合隼雄に会いにいく』

小説を書き始めたわけ

デタッチメントという言葉自体については、あまり馴染みがない方もおられるかもしれません。面白いことに、村上はこの言葉を用いた際に「関わりのなさ」という補足をみずからつけていますが、この英語を英和辞典で引くとたとえばこんな訳語が並べられている。

①超然としていること
②冷淡
③無関心

この言葉は、実際の用法として「あくまで冷静（他人に動かされない）」「貴族的」といった良いニュアンスで用いられることもありますが、②や③にみられるように「とっつきにくい冷たさ」の意味もあります。たとえば、――近年では――「グレイト・コミュニケーター」のロナルド・レーガン大統領の後を継いだブッシュ（父）大統領や現在のオバマ大統領の一般市民との「コミュニケーション能力の欠如」を論じるときに、英字新聞の政治関係の記事でこの言葉をよく見かけたものでした。

最近でも、『ロサンゼルスタイムズ』の「ワールド・リポート」で、この「デタッチメント」が「オバマ：メシアか？　迷惑の主か？」という辛辣なタイトルのもと、使われていました（オバマ大統領にとっても、あるいは耳にタコ状態の言葉かもしれません）。

村上は、自身がデビュー当時の作品でこの「デタッチメント」にこだわりながら「自分の立っている場所」について書いた理由をめぐって、それが「自己治療」として働いたからだと前出の河合との対談のなかで語っています。

なぜ小説を書きはじめたかというと、なぜだかぼくもよくわからないのですが、ある日突然書きたくなったのです。いま思えば、それはやはりある種の自己治療のステップだったのだと思うのです。

……なんとか生き延びてきて、二十九になって、そこでひとつの階段の踊り場みたいなところに出た。そこでなにか書いてみたくなったというのは、箱庭づくり（療法）ではないですが、自分でもうまく言えないこと、説明できないことを小説という形にして提出してみたかったということだったと思うのです。それはほんとうに、ある日突然きたんですよ。

同前

仏教では人間は初めから終わっている

小説家の「なぜ自分は小説家になったか」という説明ほど眉にツバをつけて聞くべきものはないというのは文学業界の人間にとってほとんど常識に属するところですが、たとえそのことを割り引いたとしても、右の村上の発言は、みずからの作家としての生い立ちをけれん味なく率直にのべた印象をともなう好感のもてる発言でしょう。もちろんこうした告白を引き出すにあたっては臨床家としての河合隼雄の腕があずかっていたことは容易に想像のつくところですが。

ところで、いままで見てきた「人間などいない」「人間は初めから終わっている」という見方、これが仏教——とりわけ日本が中国・朝鮮半島経由で六世紀に受容した大乗仏教——

の世界では昔からほとんど自明のこととして語られてきたことをご存じでしょうか？

なんと奇矯なことを、といわれる方があるかもしれません。

ですが、人間の不存在、つまりそんなものはそもそも「いないこと」を説く経典をわれわれの先祖が親しんできた仏教の経典類に探そうと思えば苦労はいりません。なぜなら、それはあまりにあたりまえに存在するからです。

たとえば、『金剛般若経』という有名な大乗仏教の経典があります。その名前が示す通り、般若経典のグループに属する経典の一つで、日本では戦国大名の世界観、人生観に無視できない枠組みの一つをあたえたことで知られているものですが、とりわけ禅宗系で伝統的に重んじられてきました。

この経典については岩波文庫に日本の近代仏教学の指導者だった中村元によるわかりやすい現代語訳をおさめた一冊があるので、興味のある方はぜひのぞいてみてください（なお村上春樹の父方は僧侶の家系だそうですが、本書ではこの出自論は直接的にはあつかわないことにします。念のためですがご了承ください）。

その『金剛般若経』のなかに、つぎのような一節がでてきます。

〈生きているもの〉というのは、じつは生きているものではないとブッダは言っている。それだからこそ生きているものと言われるのだ。それだからこそ「すべてのものには自我というものはない。すべてのものには生きているというものはない。生命というものはない。個人というものはない」とブッダは言われるのだ。

後半にかかるあたりから仏典によくみられる回りくどい文章になっていますが、全体を通して言わんとするところは明らかでしょう。ここで敷延されつつ説かれているのは、三行目にある、

生きているものはない

という言葉に集約される教えです。

したがって、生きているものの代表を自認したがる人間という生き物もまた、最初から「ない」ことになる。

「生も死もない」の仏教的意味

また、大乗仏教にはナーガールジュナ（漢訳名、龍樹。一五〇～二五〇頃）という南インドで活躍した大理論家がいました。かれは大乗仏教で発展する「空思想」の理論を確立したことによりのちに仏教史上のカリスマ的人物になったことで知られています。

このナーガールジュナについては多くの著作が伝えられていますが、そのなかで『因縁心論』はかれの言葉に弟子にあたる人物たちが簡潔な註釈を加えた短い経典です。

そこでは、「人間は最初からいない」ことが人生に対して持つ意味をめぐって、たとえば問答形式でつぎのように語られています。

まず註釈者は、そうした議論の大前提として、

「生きているものとは何か?」

という問いを提示します。

するとそれに対して、

「それは決して存在しない」

という答えが註釈者自身によって用意される。

これを受けて続くのが、以下の問答です。

問う——それでは、一体だれがこの世からあの世に行くのか?

つまり、「生きているもの」がないというのなら、その消滅であるところの「死」および「死後」の問題はいったいどう理解すべきであるのかという当然の疑問がここではのべられているわけです。

つぎが、それに対して用意される答えです。

答える——原子ほどのものも、この世からあの世へは移らない。「空なるもの」から

「空なるもの」が生じるだけである。

この「空なるもの」の意味に関してはすぐあとで説明しますが、ここでは「空」という観念のもとに「生」と「死」の二項対立的な区分が廃棄されているという一点を、とりあえず押さえておいてください。つまり、そういう形で、生も死も、すでになくなっているわけです。そしてこの二項対立の廃棄という発想は「空」思想があらゆる場面で発揮するものになる。要するに、この発想そのものが文字通り「煩悩即菩提」「生死即涅槃」をはじめとする大乗のスローガンの土台になってゆくわけですが、もっとも、

生も死もない

ということの思想は、この記述だけではまだちょっと抽象的かもしれない。仏教はたとえ話の宝庫ですので、これをもっとわかりやすいたとえを用いて語ってくれる経典の文章はないか？　といわれれば、『八千頌《じゅ》般若経』のつぎの一節を例としてあげられるかもしれません。この経典は、般若経典のグループでも最古の部類に属するものですが、たとえの中身自体はかなり刺激的なものになっています。

そこでの語り手はブッダ、説示を受けるスブーティはその直弟子の一人です。

涅槃すら本当はない

ブッダは言った。

「たとえば、熟練した魔術師が交差点で多くの人間を魔法で作り出したとしよう。そして作り終わったあとその人間たちを消し去ったとする。どう思うか、スブーティ。この場合、だれかがだれかを殺害したことになろうか？」

スブーティはそう問われて答えた。

「いいえ、なりません、師よ」

そう、人間が存在しない以上、殺害もまたあり得ない――これだけ聞くと何やらショッキングに響きますが、じつはこの問答の強調点はそこにはありません。そのことは、これに続くブッダの発言の内容からただちに明らかになります。つぎの発言です。

スブーティの答えを聞いてブッダは言った。

「その通りだ。それと同じように、仏教の偉大な修行者は無数の人々を涅槃に導くけれども、涅槃に入る人も、涅槃に導くどんな人も本当は存在しないのである」

これもまた「人間は存在しない」ことがもたらす当然の帰結です。

仏教のそもそもの目的、それは人々に対してかれらを迷わせる煩悩を滅ぼして、現世で得られる「絶対の安息の境地」としての涅槃へと導くことでした。それが仏教の救済というものでした。

そしてこの最終的な境地としての涅槃、救済へ導く役目をはたす人々が偉大な修行者と呼ばれるわけですが、その代表が開祖ブッダ自身です。

そうなのですが、「人間が存在していない」以上、ブッダ自身もまたいないのです。そしてこの「涅槃」の別名がすでにみたように「菩提」です。要するに、「涅槃（＝菩提）へ導く人も、煩悩を滅して入る人もどちらもいない」——どうでしょうか？　このたとえ話が「煩悩即菩提」と同じ思想を、「人」の側面に着目して表明するためのものだったということがわかるでしょう。

そしてこのように「涅槃もない」ことに人が目覚めること、これが大乗仏教における究極の智慧（さとり）であり、じつはわれわれがめざすべき涅槃なのです。

大乗仏教の唯名論

ここで、発売以来五十年以上も版を重ねてきたことで知られる『日英仏教辞典』（大東出版社）で、「さとり」の代表的な訳語にどんなものがあるのか調べてみましょう。

するとそこには、

①enlightenment（蒙を啓《ひら》くこと）
②awakening（目覚めること）

という言葉が肩を並べてでてくる。ブッダ（Buddha）という語の原義は「目覚めた人」でした。さとりとはこの目覚めることにほかなりません。

『風の歌を聴け』の革命とは孤独と癒しを等号でつなぐ、「孤独は癒しである」という革命でした。そしてそれが仏教伝来のスローガン「煩悩即菩提」の発想をそっくり引き継ぐものだったことについてはすでに指摘した通りです。『風の歌を聴け』で初めて村上の作品に接した一九七九年当時の若い読者は、その孤独は癒しであるというメッセージに一瞬「解脱《げだつ》」の匂いを嗅いだのかもしれない。

なお、一言つけ加えるならば、さきほどの『因縁心論』の問答が明かした、一切は「空なるもの」の変転にすぎないという考えですが、――こちらの方はさきにあげた『八千頌般若経』の別の一節に登場する、

ブッダという存在も名前にすぎない。

という文章が簡潔そのものに示す通り、名前の背後の実在を否定する唯名論の考え方です。

同じように、『八千頌般若経』は、人々がめざすべき肝心のさとりについてこのようにものべます。

人は、あらゆるものが名前だけだということから究極の智慧（さとり）に近づくべきである。

このあたりにくるとどうもミもフタもないという印象を受ける人もいるかもしれませんが、こうした初期の般若経典の教えを論理的につきつめ、洗練させて主著『中論』を中心に「空」の精密な理論モデルを作りあげた人物が、すでに紹介ずみのナーガールジュナであり、かれの立場を発展的に受け継いだのが中観派《ちゅうがんは》という名で知られる大乗仏教の学派でした。

これは大乗仏教の背骨となったナーガールジュナ発の「空性論」をさらに高度に変奏させた革新的な学派ですが、日本に現存する仏教の各宗派のとる立場はさまざまとはいえ、この学派の影響をまったく受けていないものはありません。

その中観派の論客たちはみずからを「空性論者」と称したわけですが、その際に用いた自己定義にかれらの哲学の特色がよく表されています。

名前の対応物《レファラント》として固定的で不変の実体を想定すべきでないと主張する人々

というのがそれです。かつてヨーロッパの著名な仏教研究者のシャイエルが「歴史上最も徹底した唯名論者」の称号を中観派に対してささげたというのも、決して理由のないことではありません。

大乗仏教でもとりわけナーガールジュナの「空性論」を取り入れた般若経典の系統の経典は「～がない」という表現を好みます。

そしてそうした般若経典が「何かがない」というときは、じつはその何かが「空」であることを意味します。

「空」とは「ある」／「ない」などの固い二分法思考を廃棄し、それを超えた柔らかな次元をさし示す言葉です。ここでいう「固い」とは人間の物事への固着を含意するもので、開祖のブッダがめざしたのはこれとは逆に、物事にまつわる「一切のとらわれから解放された境地」でした。

ナーガールジュナがさきの『中論』のなかで、

賢者は「あるということ」と「ないということ」にとらわれてはならない。

とのべているのはそのことをさしています。

空性論による神の幻影化

ちなみにこうした考えの世界では、神も「空名」すなわち名前だけのものになります。いずれ本書の第九章でくわしくとりあげる予定ですが、村上の『海辺のカフカ』（二〇〇二）にカーネル・サンダースという名の人物が登場します。

といってもケンタッキー・フライド・チキンの創立者のヒゲのおじさんではなく、何やらまぎらわしいこの名を名乗りながら、自分は世界の間の相関関係を管理する中立的客体だと自己紹介する、正体不明の愉快なおじいさんです。そんなかれがこんな面白いことをいっている。

神様ってのは人の意識の中にしか存在しないんだ。とくにこの日本においては、良くも悪くも、神様ってのはあくまで融通無碍《ゆうずうむげ》なものなんだ。……いると思えばいる。いないと思えばいない。そんなもののことをいちいち気にすることはない。

そう、「いると思えばいる。いないと思えばいない」幻のごとき存在。もし人が神様はそのような存在だと感じながら神様に帰依《きえ》するならば、そのとき神様はかれまたは彼女の意識のなかで、文字通り「いるかのように」拝む対象となります。「空性論」にもとづく神様信仰とは、せんじ詰めれば、このことです。

なお、こうした「空性論」の世界においては、たとえばリチャード・ドーキンス――欧米で反・有神論の代表的な論客の一人と目される——流の戦闘的な無神論者もまた存立の基盤をうばわれます。ナーガールジュナによる「賢者は云々」という言葉を引き合いにだすまでもなく、神様は「ない」といった瞬間に「ないこと」にとらわれていることになるからです。

そしてその反対に、「ある」と言い切ることもまた「あること」へのとらわれだとするならば、どうなるでしょうか? われわれは、せいぜい、「あるかのように」または「ないかのように」神様を語るしか手がなくなる。

「あるかのように」神様を語るとは精神生活上の方便としてのみ神様を受け入れるということですが、事実、これが江戸期以降の江戸や大阪といった都市部に住む知識人たちの多くがホンネでとる立場になりました。

ただ、こうなるとブッダ本人は神についてどう思っていたのかがなんだか気になってきます。結論からいえば、かれは目にみえない神を頼むこと——救済やご利益を願う行為——にはほとんど無関心でした。

ブッダの活躍した紀元前五百年頃のインド社会は、神々への崇拝を説くヒンドゥー教(その初期形態はバラモン教ともいう)の支配下にあったので、こうしたかれの立場はこの主流派の宗教への異議申し立てを説くものとみなされることになった。

必然的にブッダの死後も仏教はインドでは終始異端の扱いをこうむることになりました。仏教は、一時期この主流派のヒンドゥー教をおびやかすほど勢力を拡大しますが、最後はヒンドゥー教側の反転攻勢をくらい、それに事実上吸収される形でインドでは滅びてしまいます。

「生」も「死」もゼロにすぎない

いささか話がそれてしまったようです。

ここでふたたび「空性論」にもどりますが、そこでいわれる「空」とは、正確には「固定的で不変の実体を欠くこと」を意味します。

原語はインドのサンスクリット語のシューニヤ（名詞形はシューニヤター）といい、「ゼロ（ゼロであること）」をさす言葉です。

ですから、大乗経典で、

生も死もない

といわれるとき、これは、

生も死も固定的で不変の実体としてない――

別の言葉でいえば、

生も死も「空」である——

つまりどちらもゼロであるといっていることになります。実践的には、だからとらわれるべきしろものではないということになる。

「涅槃に導く人も入る人もいない」とは両者が固定的で不変の実体を欠いていること、どちらも「空名」、すなわちゼロであることをさす。したがって人はこれらにもとらわれてはならないのです。まえにも記した通り、それを知ることが仏教にいう究極の智慧、すなわちさとりです。

このさとりの獲得に日夜はげむべき修行者の心得を説く大乗経典の一つに『三昧王経《さんまいおうきょう》』がありまます。こちらの方は中公文庫から田村智淳《ちじゅん》の現代語訳がでていますが、この経典には、

修行者はさとりを求めて修行しているが、そこでの修行は実体的にとらえられているのではない。

とあり、修行という行為自体もやはり同じように「空」とみなすべきことが強調されています。

そして、般若経典類のトップバッター『八千頌般若経』によれば、その際にめざすべきさ

とり（＝究極の智慧）についてもまた、

究極の智慧も名前だけのものにすぎない。

のであって、とらわれてはいけない対象だとされるわけです。

無常とは「ただ関係あるのみ」の意味

さて、このように一切が「固定的で不変の実体を欠く」といった瞬間、世界はどのように変わるでしょうか？　簡単にいえば、それは原理上一切のよりどころを失うことになる。

さきほど、『海辺のカフカ』の個性的な脇役の一人であるカーネル・サンダースの発言の一つを引きました。それはサンダース自身の神様観を披露する発言でしたが、かれはそのあとで、こんなことも語っています。

すべての物体は移動の途中にあるんだ。地球も時間も概念も、愛も生命も信念も、正義も悪も、すべてものごとは液状的で過渡的なものだ。ひとつの場所にひとつのフォルムで永遠に留まるものはない。宇宙そのものが巨大なクロネコ宅急便なんだ。

もしだれかがこの一節を示して、「これは諸行無常の世界を表現して過不足のない文章だ」

といえば、異論を唱える仏教学者は少ないでしょう（ちなみに「諸行」とは、最終章の第十二章で作品に即してとりあげる予定ですが、「あらゆるつくられたもの」をさす言葉です）。

そこで語られている、

液状的で関係あるのみの世界

とは、このように、

無常の世界

に正しく言い換えることができる。では「無常の世界」とは何なのかといえば、それは要するに「名前だけのもの」が名前だけの発生と消滅をくりかえしながら、意味も目的もなくひたすら流れ続ける世界のことです。

われらが愛すべきカーネル・サンダースは右の発言をみずからフォローして、こうも話します。

ロジックやモラルや意味性はそのもの自体にではなく、関連性の中に生ずる。

くりかえしになりますが、仏教でいう世界とは関係のネットワークのことです。関係そのものに実体はありません。古代インド人はこの関係について、

プラティートヤサムウトパーダ（pratītyasamutpāda）

と名づけ、インドの古典語・サンスクリット語からなる大乗経典を訳した昔の中国人はこれに「因縁」、すなわち縁起という語をあてました。

したがって、一切を「ゼロ」とみなす空性論者とは縁起論者＝関係性論者の別名にほかならなくなるわけです。

「空性論」は世界を比喩にする。

大乗仏教のカリスマ理論家のナーガールジュナに『中論』という主著があることはのべました。一読了解というわけにはなかなかいかない学僧向けのハイレヴェルの理論書です。ナーガールジュナはその書の冒頭をつぎのような印象的な一文から始めたことで知られています。

発生も消滅もないところの関係性の教えを説かれたブッダに敬礼する。

実際、一切が「関係」に還元される世界——ゼロの汎神論の世界——、そこにはもはや、始まりも終わりもありません。

というのも、関係の「起源」を追求したところで、その先には無限の関係の連鎖があるだけ、「終末」を追求したところでその先には関係の連鎖がやはりあるだけだからです。すると世界はどうなるのか？　そこにあるのは、発生も消滅も幻影としてのみ可能な、すべてが比喩となる世界です。こうして、

前後の限界などはなく、世界は幻影のようにあらわれる　『六十頌如理論《ろくじゅうじゅにょりろん》』

とナーガールジュナは別の著作のなかで語ります。

存在が関係のなかに発生するならば、そのものになぜ前と後があろうか？　同前

ここで人間を例にとるならば、その生き物としての「生」と「死」とはその「発生」と「消滅」にほかなりませんから、これらもまた比喩としてしか語ることはできません。「不生不滅」とはそれをいう文句です。

村上春樹はたしかに「人間が終わった」ところから出発した作家です。

人間が終わった世界とは、人間が実体を欠いた幻影であることを人々がいわば説明ぬきの

感覚として受け入れることのできる世界のことです（この意味で村上春樹のデビューが岸田秀《しゅう》の「唯幻論」——一九八〇年代の日本の文化的メンタリティの形成に大きな意味をもった——の流行期とほぼ重なるのも面白い一致です。たぶんこれは偶然ではないでしょう）。

村上春樹が変わらない理由

村上春樹というのは本当に変わらない作家です。

たとえば、デビューから三十四年後の年に発表された『色彩を持たない多崎つくると、彼の巡礼の年』には、主人公が自身の出生について語るこんな文章がでてくる。

まず名前が与えられた。そのあとに意識と記憶が生まれ、次いで自我が形成された。名前がすべての出発点だった。

これなどはまるで大乗仏教の世界観のマニフェストとしてそのまま使えそうな文章だといえる。事実、その大乗仏教を基礎としたチベット密教の、今日の世界で最も有名な指導者といってよいダライ・ラマ十四世は、著書のなかでこう語っています。

自我を含むすべての現象は自性（固定的で不変の実体）を欠いている。

『ダライ・ラマ般若心経入門』

すべてのものは、単に名前を与えられただけの名義上の存在である（傍点原文）。

『ダライ・ラマ未来への希望』

名前は意識や記憶に先立ち、したがって両者が不可欠の構成要素となる自我にも先立つ――これもまた前出の『金剛般若経』が説いていた考えですよね。

さて、それでは、村上春樹の世界はいったいなぜこうも変わらず村上春樹の世界であり続けるのでしょうか？　あるいは、何がどのようにしてかれが変わるのをはばむのでしょうか？

私は、二〇〇八年に出版した『ゼロの楽園』という書物のなかで、この点について、一度「空」の鏡をのぞいた者は二度とその幻影から逃れられないからだと書きました。これ自体は、『海辺のカフカ』に表わされた仏教的唯名論の特質に焦点をあてて書いた文章でしたが、この心理的メカニズムについての見方はいまも変える必要は感じません。

もう一度いいますが、村上春樹は人間をはじめすべてが終わっているところから出発した作家です。

そしてそのことが意味するもの、作家村上春樹にもたらす困難をデビュー当時だれよりもよく知る人物が一人いた。ほかならぬ村上自身です。

果敢な戦いへ

つぎにかかげるのは、まえに紹介した村上が河合隼雄とおこなった対談の本からの引用です。

村上がこの対談のなかで小説を書き始めた動機を「自己治療」と関連づけて語っていることはすでにふれた通りです。

村上は、河合相手のやりとりではときに驚くほど無防備に自分をさらけだす言葉を口にしますが、それは対話がもたらす「自己治療」の喜びが大いにあずかっているという自然な印象を読み手にあたえるものになっています。

事実、この対談本の前書きで村上は、河合隼雄と向き合っていると「頭の中のむずむずがほぐれていくような不思議に優しい感覚」(傍点原文)をおぼえたとふりかえり、「『癒し』というと大げさかもしれないけれど、息がすっと抜けた」と語っているほどです。

実際、そうしたいわば「サイコ・セラピー」的な感じが、この対談の特色である風通しの良い親密な雰囲気を作りあげています。

村上はさきの「自己治療のステップ」としての小説の執筆の開始にふれた文章につづけてこう語っています。

> 自分がうまく説明できないことを小説という形にするということは(作家の卵にとっては)すごく大変で、自分の文体をつくるまでは何度も何度も書き直しましたけれど、

書き終えたことで、なにかフッと肩の荷が下りるということがありました。それが結果的に、文章としてはアフォリズムというか、デタッチメントというか、それまで日本の小説で、ぼくが読んでいたものとまったく違った形のものになったということですね。……でも、ぼくは小説家としてやっていくためにはそれだけでは足りないということは、よくわかっていたんです。

ここでデタッチメントについて村上が「関わりのなさ」という説明をみずから加えていたことを思い出してください。

さらに、それが万事について「超然としていること」を意味し、また『風の歌を聴け』の画期性——コロンブスの卵としての本質——が、日本の近代知識人があたかも自分の存在理由であるかのように口にしたがった「自己」対「世界」の戦いのインチキ臭さ、かれらの戦う風車とされるものが幻影であることに気づかせた点にあったことを。

そう、それはまさに画期的といっていいものでした。ですが、村上自身、「小説家としてやってゆくためにはそれだけでは足りないということは、よくわかっていた」。

そして、こうした認識にもとづいて村上はデタッチメントからの離脱に乗りだすわけですが、その果敢な戦いの帰結は、村上にとって皮肉なものでした。それは結局のところデタッチメントの世界の完璧すぎるといえるほどの再確認的な受け入れに終わってしまったからです。

そのことを示すのが、『風の歌を聴け』の翌年に書かれた『1973年のピンボール』（一九八〇）から『羊をめぐる冒険』（一九八二）をへて『世界の終りとハードボイルド・ワンダーランド』（一九八五）までに至る一連の作品をめぐるプロセスです。

では、そのプロセスとは具体的にどのようなものであり、その果敢な戦いはそのすえに小説家村上春樹にどんな感慨をもたらしたのでしょうか？

次章からはそのことについて作品の流れに即して検証してゆきたいと思います。

第四章
村上春樹にみる「庶民的な」無常感覚

「唯名論者」村上春樹の足取り

前章で、「空性論」はすべてを「ゼロ化」の対象とすると書きました。

そこでは、挑むべき世界という風車が幻ならば、槍《やり》も馬も、馬にまたがって槍をふるう騎士もまた幻なのです。

村上がデタッチメントからの離脱を試みたのはそのような世界においてでした。

それは、一口でいえば、その世界との闘争——決別あるいは脱出という名の——それ自体が行為者本人に対する「空」の拘束性（完全性）を証すことに帰着する、という怖るべき世界です。

私が村上の戦いが「果敢」なものになったと書いたのは、そのためです。

結果として、村上は、『風の歌を聴け』から『１９７３年のピンボール』と『羊をめぐる冒険』へと、デタッチメントからの離脱の手法にあらたな展開を加えつつ、作品をつぎつぎと積み重ねてゆく。そして、デビューからちょうど四作目にあたる『世界の終りとハードボイルド・ワンダーランド』で空性論のもつ優位性の全面的な受け入れという一つの答えをだす。

そしてその達成の後に村上が手にした感慨は——あとでのべる通り——この長い題名をもつ大作の発表の直後に書かれた「回転木馬のデッド・ヒート」というエッセイで文字通りマニフェスト的に確認されることになります。

そこで、本章では、まず順番として『風の歌を聴け』につづく第二作として発表された『1973年のピンボール』を手がかりに、仏教的な唯名論の世界観の特色を示す村上作品のたどった足取りを追ってみたいと思います。

その際、われわれは、「『空』はゼロ化に際して対象を選ばない」というその全面的な非選択的メカニズム——本章の冒頭でのべた「空」のメカニズムをここでもう一度確認しておきましょう。なぜなら、これこそは村上の変わらなさを根底から支える構造的メカニズム——論理的メカニズムにほかならないからです。

さて、まえに「空性論」についてとりあげた際、その世界ではあらゆるものは意味も目的もなくひたすら流れつづけるだけになると書いたことをおぼえているでしょうか？「意味も目的もなく」とは「ものが名前だけの発生と消滅をくりかえしながら」ということです。

そして、人がいったんそうした世界をデタッチメントのなかで受け入れるや、その生はある特徴的な匂いを放つことになる。はてしのない倦怠の匂いがそれです。

『風の歌を聴け』と相田みつを

『風の歌を聴け』という作品は、村上が「自己治療」をめざして「デタッチメントの側面を追求」（河合隼雄との対談本）しながらそれを足場にすることで村上の個性を最初に明確に打ち出すものになりました。

それがオリジナル・カバー版の文庫本の裏表紙の言葉を借りるならば、「夏はものうく、ほろ苦く過ぎさっていく」世界を描く興味深い小説となったことも前章でみた通りです。

主人公の「僕」は、その夏の終わりの一時を、親友の〈鼠〉と二人の故郷の港町の山の手、「マントバーニのイタリア民謡の流れる」ホテルのバーで時を過ごします。そして人生の屈託をしきりに訴える〈鼠〉に「僕」はこんなふうに答えます。

> みんな同じさ。何かを持ってるやつはいつか失くすんじゃないかとビクついてるし、何も持ってないやつは永遠に何も持てないんじゃないかと心配してる。みんな同じさ。
> ……強い人間なんてどこにも居やしない。強い振りのできる人間が居るだけさ（傍点原文）。

私にはこのくだりを読むときに、思い出される一つの文章があります。

それは、第一章でとりあげた村上と同様に熱狂的な読者をもつ書家で詩人の相田みつをの代表的な作品集として知られる『にんげんだもの』がおさめるつぎの詩です。

だれにだって
あるんだよ
ひとにはいえないくるしみが
だれにだって
あるんだよ
ひとにはいえないかなしみが
ただだまっているだけなんだよ
いえばぐちになるから

おそらくこれは三波春夫の歌う「知らぬ同士が小鉢叩いてチャンチキおけさ」の肩寄せ合う世界を、相田流に品よく謳いあげた作品でしょう。

いずれにせよ相田も村上も「『何かが終わっている』センチメンタリズム」——富岡幸一郎が指摘したところの——という同じ椅子に坐っていることがわかる。

相田みつを的な無常感覚

相田みつをは、若い頃に、相田自身の生まれ故郷である足利の高福寺で住職をつとめた曹洞宗の著名な禅僧で歌人でもあった武井哲応《てつおう》師（一九一〇〜一九八七）に親しく師事した。

そして、そののちは在家のままで「禅の心」の習得にはげみながら独自の思索を深めたという経歴の持ち主です。

私がさきに浅羽通明の「『自我なんてない』と相田みつをだっていう」という文章について「相田みつをだからこそいう」が本当じゃないかと書いたのは、このキャリアが生みだした相田作品の特質からきています。

いま引用した相田の『にんげんだもの』は、肝心のその書名からして、

〝世界は課題であることをやめた〟感

の横溢《おういつ》したものでしたが、その相田には他に『生きていてよかった』という、これも仏教的な洞察をちりばめたすばらしい作品集がある。

『週刊ダイヤモンド』に連載して反響を呼んだ詩と書をまとめたものですが、そのなかにこんな詩がでてきます。

いま
ここ

まえに『海辺のカフカ』で精彩を放つ脇役をつとめるカーネル・サンダース老人の世界観

の言葉を引きましたが、一切が流れてゆく世界とは、「現在の瞬間」が――それ自体のはかなさの感覚を伴いつつ――支配する世界のことです。

ここでは、そのことを念頭におきながら以下の二つの文章を読みくらべてください。

> テネシー・ウィリアムズがこう書いている。過去と現在についてはこのとおり。未来については「おそらく」である、と。
>
> しかし僕たちが歩んできた暗闇を振り返る時、そこにあるものはやはり不確かな「おそらく」でしかないように思える。僕たちがはっきりと知覚し得るものは現在という瞬間に過ぎぬわけだが、それとても僕たちの体をただすり抜けていくだけのことだ。
>
> 『1973年のピンボール』

さきほどのカーネル・サンダースの発言の箇所で、かれが意味も目的もなくただ流れ去る「すべての物体」のなかに「現在」もさりげなくふくめていたことに注意してください。つまり万物流転の世界では、「現在」（という概念）自体もまた「無常」の運命をまぬがれない。というよりも、それこそがまさに「諸行無常」思想の核心となる教えなのです。簡単にいえば大乗仏教の時間論はこの点で底が抜けているのです。

同じ椅子に坐る兄弟

つぎにあげるのは、「いま　ここ」という詩に相田みずからが添えた「いのち無常」という文章の一節です。

> 古人は「いま」という時さえ厳密にいえばない、といっております。いまの字をいう時にはいの字はもう消えてないからです。
> 一瞬といえども、同じ状態にとどまっているものはない、ということです。そのことを〈無常〉といいます。すべてのものは変化してやまない、という意味です（傍点原文）。
> 『生きていてよかった』

「ま」の字を口にしたときには「い」の字は消えている云々とは、いかにも昔の禅の坊さん好みのレトリックで、感心する人もいるかもしれないが、逆に子供だましのこじつけの匂いを感じてしまう人もいるかもしれません。

ただ、そのことは別として、ここでまず申しあげたいのは、この文章で相田が披露する「無常」に関する理解はきわめて正確なものだということです。

私は――あとでくわしく論じることになりますが――村上春樹と相田みつをは同じ椅子に背中合わせに坐った兄弟同士のようだと感じることがあります。なるほど向いている方向は正反対だ。だが、決して手放さそうとしない椅子は二人とも同じなのです。

ということは、それぞれの信奉者同士もまた同じ椅子に背中合わせに坐った兄弟同士だということになりますが、それでいてなぜか自分とは別の惑星の住人だとたがいに信じこんでいる。

相田みつをの世界

相田ファンにはいまさらの話でしょうが、相田みつをにはこんな詩もあります。

そのままでいいがな。
『にんげんだもの』

ここでは、まさに世界は課題であることをやめているようです。

あたまじゃわかっているんだが。
『生きていてよかった』

どうころんでもおれのかお
同前

いまが大事
『にんげんだもの』

この最後にある詩は、「いま　ここ」というさきに紹介した詩をいわば人生訓に落とした作品といえるでしょう。

また、相田には、これも前述の「この一瞬」の禅哲学に立つ、つぎのような書の言葉もあります。

そのときの
出逢いが
『生きていてよかった』

これなどは、いわゆる「ベタ感」から自由な、ほとんど前衛風味すらたたえた作品だといってよいでしょう。

ポスト・イデオロギーの楽園

テニスの世界四大大会で活躍が伝えられる錦織圭選手は、少年の頃に相田みつをの言葉を座右の銘にして部屋の壁にかかげていたそうです。

唐突なようですが、私は二十一世紀の人類は相田みつを化すると本気で信じています。

要はテクノロジーです。私は数年前にユビキタス・コンピューティングと道元禅師の宇宙観の不思議な相性のよさを指摘したことがありますが、社会のユビキタス化がＩｏＴの進展を通じてだれにとっても空気そのものに感じられる段階に至り、そう、街角でポンと手を叩くと虚空に幻のようにタッチパネルがあらわれ、飛行機の予約ができるのがあたりまえのポ

スト・ウェアラブルの時代がきたとき、「現実」／「幻影」の二分法思考の解体の感覚のなかで、

〝にんげんだもの〟ナルシシズム

が、

〝いつでもどこでもインターネット〟

のIoTネットワーク社会が生み出す「ゼロの汎神論」の楽園社会を生きる基本哲学として再解釈的にグローバル化するのはごく自然ななりゆきではないか、とそんなふうに思えます。

そして日本はいうまでもなくそうしたグローバルレヴェルのテクノロジーのイノヴェーション競争に好むと好まざるにかかわらずこれからも関わってゆかざるを得ないわけで、そのとき日本の対外向け文化商品が何になっているか気になるところですが、ともかくも、人間が終わっている世界とは初音ミクとその不出来なコピーとしての人間たちが生きる世界のことです。

一九四九年生まれの村上春樹は、「戦後日本」の元祖「戦争を知らない子供たち」世代の

旗手の一人として、結果的にこうした新しい時代へのつなぎ、地ならしの役割を超然とつとめたのだといえるのかもしれない。

ちなみに、相田みつをにはこんな詩もあります。

『生きていてよかった』

ともかく
具体的に動くことだね。
いま、ここ、を
具体的に動く――
それしかないね。

これなどは、ＩｏＴ社会と結託する二十一世紀のポスト・イデオロギー社会を生きぬくための人生指針としてはまず申し分ないものでしょう。

そして、われわれのご先祖たちのほとんどは、早くもプレモダンの時代からこの通りの生き方をしてきたのではないかという気もします。

『1973年のピンボール』

『1973年のピンボール』から『世界の終りとハードボイルド・ワンダーランド』に至る

村上春樹が演じた戦いの軌跡をたどるつもりが、相田みつをの魔力にやられたのかだいぶ脱線してしまったようです。

『1973年のピンボール』は、デタッチメントをコロンブスの卵的に提示してみせた『風の歌を聴け』の世界から村上がつぎのステップを踏みだそうとした作品です。

村上はこれ以後、その世界との戦いそのものがその世界の拘束性を証してしまうという困難のもたらすプレッシャーの洗礼を浴びつつ、それをくぐりぬけて、『世界の終りとハードボイルド・ワンダーランド』の世界にたどりつく。そのプロセスの記憶に残る最初の一歩となったのが、この受賞第一作である『1973年のピンボール』です。

これは、村上がプロの作家としての力量のありかを初めて世に問うという意味で重要な作品ともなった。

いわばプロとしての実質的なデビュー作といえるわけですが、ここではまず話の手順として、簡単に作品のあらすじをのべるところから始めましょう。

村上春樹の長編小説では同じ登場人物が複数の異なった作品にまたがって登場することが珍しくありません。

『1973年のピンボール』が語るのは、主人公の「僕」や親友役の〈鼠〉をふくめて『風の歌を聴け』の登場人物たちにまつわる後日談です。

時は一九七九年、三十歳になった「僕」は「渋谷から南平台に向う」途中の坂道に友人と小さな翻訳事務所を経営しながら、東京の郊外のアパートで、ある日転がりこんできた双子の姉妹と同棲している。

その「僕」が、『風の歌を聴け』で自身の相棒の役目を割りふられた〈鼠〉のたどったその後のてんまつを、双子の姉妹との「同じ繰り返し」の日々の光景を織りまぜながら語るという典型的な回想形式の小説になっています。

そこで「僕」の世界をいろどるのは、つぎのような物憂いデジャ・ヴュ感です。

どれほどの時が流れたのだろう。……仕事が終るとアパートに帰り、双子のいれてくれた美味しいコーヒーを飲みながら、（エマニュエル・カントの）『純粋理性批判』を何度も読み返した。

時折、昨日のことが昨年のことのように思え、昨年のことが昨日のことのように思えた。ひどい時には来年のことが昨日のことのように思えたりもした。

また、作品の別の箇所を開くと、

僕は長いあくびをしてから駅のベンチに腰を下ろし、うんざりした気分で煙草を一本吸った。朝早くアパートを出た時の新鮮な気持は今はもうすっかり消え去ってしまっていた。何もかもが同じことの繰り返しにすぎない、そんな気がした。限りのないデジャ・ヴュ、繰り返すたびに悪くなっていく。

「意味」も「目的」もなく流れる世界とは、ただ流れ去ることだけが無限にくりかえされるのっぺらぼうな反復の世界です。

一九七〇年のあの夏一緒にビールを飲んで過ごした〈鼠〉は、その後も故郷の街で小説を書き散らしながらよりどころのない生活を過ごしたあげく、いまは街をでたまま行方知れずになっている。

「僕」は、大学時代に付き合いいまは死んでしまった直子という女性、記憶のなかだけに残る彼女が子供の頃に暮らした土地を訪ね、喪失感を噛みしめる日々を過ごしている（ちなみに、この直子は、のちに『ノルウェイの森』に登場する同名の女性とは別の人物です）。

「実体のない夢」の魅惑

そんな一九七九年のある日の黄昏《たそがれ》のこと——行きつけのゴルフ場で、知らないうちにすっかり忘れ去っていたはずのあるピンボール・マシーンの記憶が、突然、「僕」をとらえることになる。

一九七〇年のあの冬——大学生活を送る「僕」は、東京のあるゲーム・センターの片隅で見つけた一台のピンボール・マシーンの放つ魅力に一人ではまる「呪術」の世界に入りこんでいた。

じつは同じ大学に籍をおいていた〈鼠〉もまた、その一九七〇年の夏、同型のピンボール・マシーンのとりこになり、ゲーム遊びに夢中になっていたのだ。

〈鼠〉と「僕」の二人が好んだのは、ピンボール・マシーンのなかでも3《スリー》・フリッパー「スペースシップ」という、発売された後短期間で生産中止となっていた珍しいモデルだった。

そんなマシーンの記憶がなぜ今頃になって急に蘇《よみがえ》ってきたのかはよくわからない。ともかくも問題のゴルフ場のその日から、「実体のない夢」としてのピンボール・マシーンの記憶に「僕」はなぜかとりつかれることになる。そして、夢の記憶に息づく「スペースシップ」探しに熱中する毎日を送り始める。

双子の姉妹との相変わらずの暮らし。「スペースシップ」の探索に奔走する奇妙にせわしなくも幸福な日々。「僕は積み上げられた（翻訳の）仕事の山をおそろしいスピードで片付けていった。もう昼食はとらなかった」。そして仕事をすませると、東京中のゲーム・センターを「スペースシップ」を求めて駆けめぐった。


何故僕は暗闇の中を走り続けるのだろう？　五十台のピンボール・マシーン、それはあまりにも馬鹿げている。夢だ。それも実体のない夢だ。

それでも3・フリッパーの「スペースシップ」は僕を呼び続けていた。


そう、それは実体のない夢だからこそ呼ぶのをやめようとはしないのだ。

やがて「僕」の苦労が報われる日がやってくる。「僕」はやっと手にした情報をもとに、東京の近郊のある倉庫のなかで見知らぬマニアが集めた「恐しい数のピンボール台」の山にたどりつく。「まるで閲兵でもするように」ピンボール・マシーンを見て歩いた「僕」はついに、3・フリッパーの「スペースシップ」の前に息を殺してたたずむ。

「閲兵でもするように」とは、なるほど『風の歌を聴け』の故郷の町のバーのカウンターでけだるくおだをあげていた九年前の「僕」には決してあり得なかった表現で、村上が本作の主人公（そして村上自身）にあてがうことになったスタンスの「変化」を物語っています。

ついに再会の時をむかえた3・フリッパーの「スペースシップ」。「彼女は派手なメーキャップの仲間たちにはさまれて、ひどく物静かに見えた」。

「僕」は「彼女」と二人だけの至福の会話の時をすごします。

> 何故来たの？
> 君が呼んだんだ。
> 呼んだ？　彼女は少し迷い、そしてはにかむように微笑んだ。そうね、そうかもしれない。呼んだのかもしれないわ。
> ずいぶん捜したよ。
> ありがとう、と彼女は言う。……

彼女は、「僕」はいま何をしているのか？　とたずねる。翻訳の仕事だと「僕」は答える。「日々の泡のようなものばかりさ。ひとつのドブの水を別のドブに移す、それだけさ」

楽しくないの？

どうかな？　考えたこともないね。

女の子は？

信じてくれないかもしれないけど、今は双子と暮してる。コーヒーをいれるのがとてもうまいんだ。

彼女はニッコリ微笑んだまま、しばらく宙に目をやった。なんだか不思議ね、何もかもが本当に起ったことじゃないみたい。

いや、本当に起ったことさ。ただ消えてしまったんだ。

辛い？

いや、と僕は首を振った。無から生じたものがもとの場所に戻った、それだけのことさ。

……僕たちが共有しているものは、ずっと昔に死んでしまった時間の断片にすぎなかった。それでもその暖かい想いの幾らかは、古い光のように僕の心の中を今も彷徨いつづけていた。そして死が僕を捉え、再び無の坩堝《るつぼ》に放り込むまでの束の間の時を、僕はその光とともに歩むだろう。

やがてそんな二人が黙りこむときがきた。別れの瞬間がやってきたのだ。

会いに来てくれてありがとう、と彼女は言った。もう会えないかもしれないけど元気でね。

ありがとう、と僕は言う。さようなら。

「僕」は静かに3・フリッパーの「スペースシップ」の電源を落とすと、底冷えのする無人の倉庫を一人あとにした。

タクシーを拾ってアパートに帰り着いたのは真夜中の少し前だった。双子はベッドの中で週刊誌のクロスワードを完成しかけているところだった。……着ていた服を全部洗濯機につっこみ、熱い風呂につかった。人なみの意識に戻るために三十分ばかり熱い湯に入っていたが、それでも体の芯まで浸み込んだ冷気は落ちなかった。

双子は押入からガス・ストーブをひっぱり出して火を点けてくれた。十五分ばかりで震えが止まり、一息ついてから缶詰のオニオン・スープをあたためて飲む。

「もう大丈夫」と僕は言った。

「本当に？」

「まだ冷たいわ」双子は僕の腕首をつかみながら心配そうに言った。

「すぐに暖かくなるさ」

それから僕たちはベッドに潜り込み、クロスワード・パズルの最後の二つを完成させた。


『ピンボール・マシーン』をめぐる「僕」のつかのまの夢の時間は終わった。元の日常がもどったかに思えたある日、こんどは双子の姉妹との別れの時が「僕」を待っていた。

遊戯というコミットメント

どうでしょうか？　さきほど、村上春樹が『風の歌を聴け』で演じたデタッチメントから離脱を企てつつその手法の面であらたな展開を試みた、と書きましたが、村上がともかくもこの作品で「デタッチメント」への甘酸っぱい執着から腰をあげようとしていることがいまの簡単なあらすじからもうかがえるでしょう。

これが村上の実質的なプロデビューの作品になったこともまえにふれた通りですが、その「デタッチメント」について、村上自身は「関わりのなさ」という意味を付して用いていました。

『1973年のピンボール』という小説が――『風の歌を聴け』とは別の意味で――斬新な印象を当時の読者にあたえたことはそこで記した通りですが、そのニュアンスがいまの若い読者にどこまで正確に伝わるか、こうして書きながらもあらためて若干の危惧をおぼえるところです。

では、そうした新鮮さは、実際のところ『1973年のピンボール』という作品のどこからきていたのか？

それは、

無意味なものにあえて真剣に取り組んでみせる「僕」の態度

あるいは、

真剣／遊戯の二項対立の挑発的な廃棄

ということの作品のトーン自体に関わる作者村上自身による「決定」でした。

村上が使ったデタッチメント（関わりのなさ）の反対語はコミットメント（関わること）です。

村上は『風の歌を聴け』の世界を離れて早くも最初のコミットメントの地平へと足を踏みだした。そのコミットメントが青春のほろ苦い思い出のつまったレア物のピンボール・マシーンを探す遊戯だった、というわけです。

ここでの遊戯とは世界との戯れ——言葉の正しい意味での——としてのそれです。

しかし、たとえそうであれ、いったい遊戯なるものは、職業的な作家として作品を長く生みつづけてゆくうえでのコミットメントとしてどれほどの持久性を期待できるものでしょうか？

これは、多くの人がいだいてもおかしくはない疑問でしょう。

じつは『1973年のピンボール』でかれなりの「コミットメント（関与）」への道を歩みだした村上は――おそらく作品を書きあげた瞬間には――この点についてだれよりも明確な問題意識をもっていた。

そしてその問題意識こそがまた別の新しいコミットメントの手法を村上に開発させ、それはそのまま第三作の『羊をめぐる冒険』の方向性を決定することになるのです。

第二部

第五章

村上春樹、悪魔祓いのコミットメントを始める

悪魔祓いのコミットメントへ

『羊をめぐる冒険』は『1973年のピンボール』を出版した二年後、デビュー以来の村上の小説の掲載誌だった『群像』の一九八二年八月号に発表された作品です。

これまでの二作の随所にみられた「若書き」風のひとりよがりな感傷（これはこれで当時のハルキ・ワールドの格別の魅力となっていたのですが）はそこでは影をひそめ、文体も構成も隙のない大人の作品になっている印象を読者にあたえます。

さて、これまで村上春樹はしばしば、いわゆる、

seek and find

を作品の軸においたストーリー・テリングを得意とするタイプの作家だと評されてきました。

主人公が何かを探す話を中軸とする物語を好む小説家、という意味ですが、この点については文芸評論家の川村湊もまえに紹介した二〇〇六年の座談会のなかで、

村上春樹の作品のほとんどは、向こう側に行ってしまったかけがえのないパートナーとしての男性、あるいは女性を探しに行くんだけれど、結局連れ戻せないという話です。『羊をめぐる冒険』にしても『世界の終りとハードボイルド・ワンダーランド』にしても『ねじまき鳥クロニクル』にしてもそうです。

とのべていました。

このうち『ねじまき鳥クロニクル』の主人公がはたして相手を取り戻せなかったといえるか否かをめぐっては、あとで見る通り、議論のわかれるところかもしれません。

ですが、いずれにせよ、『1973年のピンボール』における村上の seek and find の対象は人ではなくピンボール・マシーンという「無機物」であり、そのこと自体がそこで発揮されることになったコミットメントの遊戯性を示していました。

結論からいえば、『1973年のピンボール』で目をひいた遊戯性は、二年後の『羊をめぐる冒険』では早くも破棄され、新しいコミットメントに席をゆずることになる。それが、

魔神的なものの呼び醒まし

という悪魔祓いのコミットメントであり、ここに確立した方向性は、そののち作品のなかでスペクタクル度を加速させつつ、『世界の終りとハードボイルド・ワンダーランド』で全面的に開花してゆく。のみならず、そのような方向性の採用自体が以後の村上の物語世界に欠かせない共通手法の中身になってゆくことになります。

『羊をめぐる冒険』の異世界

ただ、同時にそれは、川村湊のいう「非常に壮大なワンパターン……マンネリズム」を村上の物語にもたらす特性にもつながったわけで、その手法的な創出の起点を作ったのが『羊をめぐる冒険』だったわけです。

これ以後の村上は、リチャード・パワーズのいう、

シュールにグローバルな、そしてグローバルにシュールな小説家

としてその、

「呪術の世界」

を通じて世界中のファンをファンタジックに魅了しつづけることになる。

そこで以下では、その原初的な現場の風景としての『羊をめぐる冒険』と『世界の終りとハードボイルド・ワンダーランド』とを比較しながら、新しいコミットメントの手法の誕生の背景を探りつつ、これまでのべてきた「空性論」を適宜参照しながら、そうした手法が必要とされた理由を考えてみたいと思います。

まえにも記しましたが、『1973年のピンボール』は『風の歌を聴け』の後日談をつづった作品でした。『羊をめぐる冒険』が描くのはその後日談にまつわるもう一つの物語です。『風の歌を聴け』で主人公「僕」の呑んだくれの親友として登場した〈鼠〉は『1973年のピンボール』では失意の果てに失踪したと伝えられますが、その失踪のあとに主人公を見舞った奇怪な出来事を読者に明かすのが『羊をめぐる冒険』の物語です。

この作品には、それまでの『風の歌を聴け』と『1973年のピンボール』にはなかった作話上の新しい道具立てが姿をみせます。「異世界」というのがそれで、その結果、悪魔祓いという新しいコミットメントの手法がさらに目につく形で読者の注意をひくことになります。

『羊をめぐる冒険』が始まるのは一九七八年——。主人公の「僕」は東京で友人と翻訳や広告のコピーを請け負う事務所を営んでいるといいますから、『1973年のピンボール』とほぼ同じ設定になっていることがわかります。

「僕」は事務所の元スタッフだった妻と離婚し、いまは耳専門のモデルである「彼女」とつき合っている。

「夢のような形」の耳をもつこの「彼女」は出版社の校正係でもあり、売春クラブのコールガールでもあるという不思議な人物で、どこか神がかりな洞察力も持ち合わせています。

「羊」という名の魔神の登場

そんなある日、失踪中の〈鼠〉から手紙が「僕」のもとに舞いこむ。〈鼠〉の手紙は、そこに同封された一枚の奇妙な写真、背中に星型の斑紋のある羊の写真を雑誌にのせるよう「僕」に依頼していた。手紙の様子では、〈鼠〉は「僕」が知らないうちに北海道のどこかに移り住んでいたらしい。

『羊をめぐる冒険』の物語は、事態がまるでわからないまま問題の写真を「僕」がある生命保険会社のＰＲ雑誌に掲載したことから急展開をみせ始める。

きっかけは一人の男の訪問だった。戦時中に大陸で謀略機関を主宰していた右翼の大物の秘書をつとめる男から「写真を見た」と突然「僕」に連絡があり、そこに映った星型の斑紋の羊を探すよう半ば脅迫めいた要請を受けたのだ。

秘書の男が説明するところでは、その羊は、世界の闇を動かす「意志」を体現する存在で、次々と人間社会の有力者の意識に入りこんでは、利用価値がなくなると別の人間の意識にとりつくことで〝闇の支配力〟を現実の世界に及ぼしつづけている存在だという。

秘書の話によると、かつて「羊」に意識を乗っ取られてあやつり人形となった右翼の大物は、いまは「羊」に棄てられて意識不明におちいっており、かれは自分のボスを翻弄《ほんろう》した「羊」を見つけだしてその正体を確かめたいという。

「僕」は、あまりに突飛な内容の申し出に初めは相手にする気になれなかった。が、話を聞いてがぜん興味を示したモデル兼コールガールの「彼女」に尻をたたかれた結果、とうとう北海道へ「羊」探しの旅にでかけることにした。

こうして二人は活動の足場にする札幌へとおもむくことになったが、宿泊先に選んだ「いるかホテル」で、支配人の父親である「羊博士」なる白髪の羊研究家と出会う。

この「羊博士」こそは、かつて右翼の大物と同様に、戦時中に問題の「羊」に意識を乗っ取られ、その後棄てられた体験をもつキーパーソンの一人だった。

「僕」と「彼女」は「羊博士」の示唆のもと、星型の斑紋の羊の写真が撮影されたとおぼしき場所へ列車でむかうことにした。

それは旭川の北にある十二滝町という小さな町の山の上にある牧場だという。

幽霊となった親友からの依頼

列車をおりた二人は、案内を頼んだ町の牧羊関係者のジープで牧場へでむくことにした。風景は、町を離れるにつれて険しさを増してゆき、やがてジープはひどくとげとげしい印象をたたえた「不吉なカーブ」にさしかかる。案内人のにわかに落ち着きをなくす風情にこのでかれと別れることにした「僕」と「彼女」は、目の前のカーブを徒歩で曲がった。そのままわりを切り立った山に囲まれたのっぺりとした台地をぬけた。

二人は小川の流れる白樺の樹海を通り過ぎた。するとそこは広い草地で、「羊博士」がいった通り、写真の羊の背景に映っていた牧場だと知れた。

牧場に立つ「アメリカの田舎家風の木造の二階建ての家」にはだれもいなかった。ただ、屋内にはそこかしこに〈鼠〉が最近まで暮らしていた匂いがなすりつけられたように残っていた。

「僕」は腰を落ち着けて〈鼠〉の出現を待つことにした。気がつくと、率先して北海道行きを主張していたはずの「彼女」の姿はどこかへかき消えていた。

翌日。羊の毛皮を頭からすっぽりかぶった奇妙な男があらわれた。男は星型の斑紋のある「羊」や〈鼠〉についてたずねた「僕」に、自分は何も知らないとバツが悪そうに言い張った。男が去ってしばらくすると雪が降りだし、冬の到来をおしえた。

それは、「僕」が牧場へやってきて十二日目、雪が静かに降りつづける晩だった。いつものようにベッドにもぐりこんだ「僕」は、夢を見ていた。それは「とても嫌やな、思い出せないほど嫌やな夢」だった。「僕」が夢から覚めると、暗闇に〈鼠〉がたたずんでいた。

数年ぶりのなつかしい再会だった。そして、昔話をかわす間もなく、〈鼠〉は、自分が星型の斑紋の「羊」にとりつかれる身になっていたこと、「羊」のあやつり人形になるのを拒否し、「羊」を滅ぼすために自殺したという驚くべき事実を「僕」に明かしたのだ。

「僕」がいまは幽霊になった〈鼠〉から託された最後の仕事——それは〈鼠〉の痕跡が残る

一切を家にある爆薬で吹き飛ばして消し去ることだった。

翌日。「僕」は古い柱時計の裏に時限爆弾の装置をセットすると、牧場をあとにして十二滝町へおりた。

一人で列車に乗りこみ、発車のベルが鳴り始める。やがて、耳をすますます間もなく山の遠くから爆発音が響いてきた。

冒険は終わった。札幌に引きあげた「僕」は、「いるかホテル」で待っていた「羊博士」にすべてが終わったことを告げた。「僕」は故郷の港町に帰った。


僕は川に沿って河口まで歩き、最後に残された五十メートルの砂浜に腰を下ろし、二時間泣いた。そんなに泣いたのは生まれてはじめてだった。二時間泣いてからやっと立ち上ることができた。どこに行けばいいのかはわからなかったけれど、とにかく僕は立ち上り、ズボンについた細かい砂を払った。

日はすっかり暮れていて、歩き始めると背中に小さな波の音が聞こえた。

あえて「魔神」を呼び出してみせる

こうして、物語は、〈鼠〉と再会をはたしたことを「僕」がかつてかれと入りびたった故郷のバーの経営者に伝えるところで閉じられます。

村上春樹の小説を読む者は「井戸の向こう側」という文句にしばしばでくわします。ふだんわれわれの目にふれないいわば異次元の世界の存在を指し示す符号的な言葉で、『風の歌を聴け』だけでなく、『1973年のピンボール』にもでてきたものです。

ただ、「井戸の向こう側」、つまり異世界は、これらの二つの作品では象徴的な示唆や寓話仕立ての挿話として引き合いにだされるにすぎませんでした。

異世界そのものを「星型の斑紋の羊」のいる暗闇あるいは〈鼠〉の住む死の世界といった具体的な形で seek and find の物語の柱にすえたのは、この『羊をめぐる冒険』が初めてでした（実際、主人公は〈鼠〉の幽霊が出現する直前、暗闇のなかで「深い井戸の底にうずくまっているような」気分を味わいます）。なお、村上は、一九九五年に発表されて代表作の一つになった『ねじまき鳥クロニクル』では主人公を本物の井戸の底にもぐりこませるという新たなる「冒険」にでるのですが、これについては第八章であらためてとりあげることにしましょう。

ところで異世界といえば、ドイツの文学史家のヴォルフガング・カイザーに『グロテスクなもの』という本があります。副題に「その絵画と文学における表現」とある通り、中世から今日に至るヨーロッパの芸術史におけるグロテスク表現のルーツと展開をたどった名著です。

かれはこの本のなかで、「不合理なものをもてあそぶ」グロテスクなものの表現は、シュルレアリスムの絵画にも流れこんでいるとのべています。

カイザーによればその絵画とは、ジョルジュ・デ・キリコ、マックス・エルンスト、イヴ・タンギー、サルバドール・ダリといった画家たちの諸作品です。

この本のなかでカイザーはそれが「『幽霊現象的な』エス」を表現する特質をもっているとしたうえで、

グロテスクなものの表現はこの世においてあえて魔神的なものを呼び出しつつ追い払うという試みである。

と指摘しています。ここにいわれる「グロテスクなもの」はわれわれが通常考えるそれよりも広義の意味、シュルレアリスム的な「幻視」や「諷刺」までもふくむものとして使われています。村上がシュールな作風をもつ作家であることは、リチャード・パワーズならずとも異議を唱える人は少ないでしょう。

村上的シュルレアリスムの誕生

そしてこの、

悪魔祓いの手法

すなわち、

「あえて魔神的なものを呼び出しつつ追い払う」行為

は、『世界の終りとハードボイルド・ワンダーランド』のあと現実をめぐるスペクタクル性の強度を往きつ戻りつをくりかえしながらも高めてゆく。ここに、村上得意の「パラレル・ワールド」の設定を用いた、『海辺のカフカ』から『1Q84』までを貫く――リチャード・パワーズがいうところの――村上春樹の「シュールにグローバルな、グローバルにシュールな」物語パターンが誕生することになるわけです。

さきにものべたように、村上はデビューから三作目の『羊をめぐる冒険』で悪魔祓いという第二のコミットメントを開発することに成功するわけですが、ここでは私が悪魔祓いの「手法」という書き方をしたことに注意しておいてください。

手法というのはいうまでもなく作者村上の手法のことです。作中人物のコミットメントはあくまで物語の構築のために選ばれた作者自身の手法の手のうちにあります。村上の作品では「魔神的な」世界に主人公がまきこまれるケースが多いが、いまの理由から、そこでは主人公の受動性が目立てば目立つほど逆に「魔神的なもの」を呼び出した作者村上の「あえて性」(人為性)が目につくことになる。と同時に、その人為性は一方では作品の娯楽性を保証することにもなるわけです。

さて、前置きが長くなりましたが、そこでつぎの『世界の終りとハードボイルド・ワンダーランド』です。

これは、『羊をめぐる冒険』が書かれてから三年後、一九八五年に発表された、作者にとっては初めての書下ろし長編作品です。

これは〈世界の終り〉と〈ハードボイルド・ワンダーランド〉と題された二つの物語が、それぞれ偶数番号の章と奇数番号の章を割りふられながら進む構成をとっています。

並行して語られる二つの物語のうち、〈ハードボイルド・ワンダーランド〉は登場人物の動きが多くてにぎやかな、スペクタクル度の高い作品。一方の〈世界の終り〉の方はより静態的で、そのぶんデビュー後三作目までの「ハルキワールド」の空気感を濃厚に引き継いだ作品です。

そこで肝心のあらすじですが、いまのべたように、二つの物語が章ごとにかわるがわるあらわれる形式の小説になっています。

それを忠実になぞればば煩雑になるだけですので、ここではまず最初に〈世界の終り〉のパート、ついで〈ハードボイルド・ワンダーランド〉のパートの順に紹介してゆくことにしましょう。

「古い夢」のファンタジー

〈世界の終り〉は一九八〇年代の前半――『羊をめぐる冒険』の物語から数年が過ぎた、――秋から冬にかけての物語です。

主人公は年齢不詳の「僕」（ただし、まだ若い）、その「僕」が知らないまに記憶を失ったあげく四方を高い壁に囲まれた不思議な「街」に送りこまれるところから、ファンタジックな話が始まる。

それは神秘的な一角獣の群れを一人の門番が管理する街であり、「僕」はやってきて早々、この元は鍛冶屋だったというおしゃべりの門番によって手もなく影を剥《は》ぎとられてしまい、外の世界へでられなくなってしまう。

これ以後、以前いた壁の外へどうしても脱出しようと主張する「影」と「僕」との心理的な駆け引きが物語の見どころの一つになります。

この「街」へくるまえに「僕」がいったいどこで何をしていたのか、どのようなきっかけで「街」に入りこむことになったのか、すべての記憶はなぜか失われている。

「街」には小さな図書館があり、宿舎をあてがわれた「僕」は、毎日、その一室に通ってスタッフの女性と仕事をするように門番から命じられる。

それは、図書館に保管されたおびただしい数の一角獣の頭骨に染みこんだ「古い夢」を読むという仕事だった。

「古い夢」とは、女性の話では、どうやら失われた心の記憶のことで、そのなかには彼女自身の心もふくまれているらしい。「街」のそばには心を失いきれなかった人々が流される流刑地の「森」があり、「街」の住人たちは、そこは危険な場所だから近づかないようにと口々に「僕」に警告した。

やがて「僕」は、ここが影と一緒に心を奪いとられた住人たちが住み処とする街だということを知る。

そして心を失った安らぎのなかに生きる図書館の彼女に魅かれ始める自分に気づく。

そんなある日、「僕」から剥ぎ取った影を隔離して監視する役目にあたっていた門番は「僕」の心を見透かすように、

「(あんたの)影のことは忘れちまいな。ここは世界の終りなんだ」

と告げる。最初は苦しむだろうが、「しかしそのあとには救いがくる。そうなればあんたはもう何も思い悩み、苦しむこともなくなるんだ」

その頃、「僕」は宿舎の一室でチェス好きの元の世界では退役した大佐だったという人物と知り合う。

老大佐は「街」の住人たちがいう「心の不在」についてたずねた「僕」に、

「心が消えてしまえば喪失感もないし、失望もない。行き場所のない愛もなくなる。……静かでひそやかな生活だけが残る」

とおしえた。

「世界の終り」の正体

図書館で古い夢と向き合い読み取るだけの日々。「僕」の心は揺れ動く。

そんな「僕」を、いまやかけがえのない存在になった図書館の彼女は、

「もっと心を開いて。あなたは囚人じゃないのよ。あなたは（古い）夢を求めて空を飛ぶ鳥なのよ」

とはげました。

一方、なおも街からの脱出をあきらめない「影」は、門番の監視の目を盗んで、「僕」に壁の外への出口を見つけるための地図作りをしつこく依頼する。

そんな「影」に「僕」は、いまや自分が抗いがたくこの現実とは思えない街の一部になりつつあること、この「誰も傷つけあわないし、争わない」「何もかもがあるし、何もかもがない」、皆が「死の予感に怯《おび》えることもない」「不死の街」にはっきりとした愛着を覚えるようになったことを「影」にむかって告白した。

「僕」の気持ちを知った「影」は、

「そんな世界があるとすれば、それは本当のユートピアだ」

と認めたうえで、

「（しかし）この（不死の）街の完全さは心を失くすことで成立しているんだ。……心のない人間はただの歩く幻にすぎない。……そんな永遠の生を君は求めているのかい？　君自身もそんな幻になりたいのか?」と警告した。

ある日、「影」と「僕」は、ついに、探しあてた壁の外への唯一の出口とおぼしき場所の前に立つことに成功する。

そして、〈世界の終り〉のパートは、このあとに最も鮮やかな唯名論的などんでん返しを用意することになります。

「僕」はなんと、自分は「森」の住人の一人として「壁の内側」に残りたいと「影」にむかって言い出すのです。

ここで「森」とは、「僕」――あるいは作者の村上――が見いだし、迷いこんだ「世界の終り」に対する両価的な感情の象徴にほかなりません。「街」に魅かれるからこそ怖れを感じるので、怖れの強さはそのまま愛着の強さを逆に証し立てることになります。この意味で「森」は「街」のいわばネガ、「街」を裏返しの形で支えつづける影としての「世界の終り」として描かれます。

このようにして、〈世界の終り〉の物語は、つぎのような「僕」のモノローグで幕をおろします。

> ……僕はもうどこにも行けず、どこにも戻れなかった。そこは世界の終りで、世界の終りはどこにも通じてはいないのだ。そこで世界は終息し、静かにとどまっているのだ。

ただ、ここで問題となるのは、「僕」と「影」の二人が別れる間際にかわしたやりとりです。二人のそれなりに緊迫した対話は、このどこにあるとも知れないこの世ならぬ「街」がじつは「僕」の意識の作り出したものにすぎなかったことを明かすのです。

すべては虚構の産物だった

私は、本書の冒頭で、村上が唯名論的な世界観の持ち主であるとなんの留保もつけずに書きましたが、もはや、説明の必要はないでしょう。

「影」との別れの場面で「僕」は訴えます。

僕は言った。「僕はこの街を作りだしたのがいったい何ものかということを発見したんだ。だから僕はここに残る義務があり、責任があるんだ。君はこの街を作りだしたのが何ものなのか知りたくないのか？」

「知りたくないね」と影は言った。「俺は既にそれを知っているからだ。そんなことは前から知っていたんだ。この街を作ったのは君自身だよ。君が何もかもを作りあげたんだ。壁から川から森から図書館から門から冬から、何から何までだ。このたまりも、この雪もだ。それくらいのことは俺にもわかるんだよ」

「僕」が迷いこんだ「街」、それは「僕」の頭のなかにのみ存在する虚構の街でした。むろんそこで出会った図書館の彼女もふくむすべての人々も！

「僕」は、「僕」の真意を半ば諦めながらもいぶかる「影」に、「街」をでたくない理由についてこう説明します。

僕には僕の責任があるんだ。僕は自分の（意識が）勝手に作りだした人々や世界をあとに放りだして行ってしまうわけにはいかないんだ。君には悪いと思うよ……でも僕は自分がやったことの責任を果たさなくちゃならないんだ。

このあたり、村上ファンならば主人公のけなげさに胸がキュンとなるところかもしれない。

だが、その一方で、なんとなく釈然としない気分に襲われる人もいるかもしれません。なるほど、一見したところ、颯爽《さっそう》と宣言しているようには聞こえる。しかし、「責任」というのは本来こんなところで使うべき言葉だろうか？　と。

そういえば、『世界の終りとハードボイルド・ワンダーランド』の発表当時、私の友人の村上ファンで、この〈世界の終り〉のパートのラストシーンについて「一発も弾を撃っていないのにシェーンのようにかっこいい」と感想をのべた男がいました。

一発も撃たないのにかっこいい、というのはほとんど村上文学の「核心」に迫る面白い指摘で、そんな「コミットなきコミットメント」を作品にもたらすのは、村上のいわば体質的な「地」ともいうべきもの、村上の「変わらなさ」ぶりの根底に横たわるものです。

さきにものべたように、村上は『世界の終りとハードボイルド・ワンダーランド』で唯名論的な世界観を最終的に受け入れた。

それは世界観を作者として観念的に一つ一つつきつめてゆく作業をともなったようで、そのことは、作品全体の印象を――作品の構造自体が読者の目に必要以上に透けてしまうというリスクを含みこみつつ――隅から隅まで入念に計算され尽くした人工的なものにしています。

ただ、もしこれを村上の「地」と呼べるならば、ある意味でずいぶんと頑固で「観念的な志向」の体質をもった作家だなあという感想も一方では浮かびます。

もっとも、「観念的な志向」の持ち主だからこそ「空」の哲学世界に魅かれたという言い方もできるわけですが、ここではそれを考えるまえに、同じようなどんでん返しを結末に用意する〈ハードボイルド・ワンダーランド〉の方の内容も見ておきたいと思います。

ただし、同じく演じられる最後のうっちゃりでも、こちらの方には颯爽感はなく、どちらかといえばスラップスティックス風の味つけがほどこされた形になっています。

ワンダーランドを駆け回る

〈ハードボイルド・ワンダーランド〉のパートの主人公は三十五歳の「私」。かれは暗号技術を管理する会社にエンジニアとして雇われています。

物語の舞台は東京で、十月二日までの数日間という設定になっていますので、〈世界の終り〉とはほぼ同時期というところでしょう。

〈世界の終り〉と〈ハードボイルド・ワンダーランド〉の二つの物語に共通するのは「世界

の終り」とそこで呼ばれる世界の存在ですが、主人公たちのそれとの関わり方は、つぎのように両者でかなり異なっています。

その年の九月末のある日。「私」は生物学を研究する一人の老博士から「自分の実験のデータを守るための暗号処理をしてほしい」という仕事の依頼をうけて、都心にある博士の地下研究室へでかける。

博士は自分の行った「秘密実験」の成果をめぐって複数の闇の地下組織が日夜激しい争奪戦をくりひろげている真っ最中であることを明かし、悪用されたくないので「人類の未来」のために協力してほしいと「私」に語った。

〈ハードボイルド・ワンダーランド〉の物語は、この老博士が地下組織の一味に誘拐されて行方知れずになるところからにわかにファルス(笑劇)の様相を呈し始めることになります。

誘拐の件を知らせてきたこの「ルネッサンス的天才学者」の博士、マッド・サイエンティストの孫娘(彼女もまた祖父に負けず劣らずぶっ飛んだキャラの持ち主ですが)は、突然、「もし祖父の研究が明らかになれば、世界は終る」と奇妙なことをいいだす。しかも、「つぎに狙われるのはあなただ」というのです。

この突然の警告は「私」を混乱におとしいれます。

「それはどうして?　何故、どういう風に世界が終るんだい?」

「知らないわ。祖父がそう言ったのよ。今私の身に何かがあれば世界が終るってね」

……


「それで……その……世界の終りがどこかで僕と結びついているわけなんだね？」

「そうね。あなたがキイなんだって祖父は言ってたわ」


話の筋がいっこうにのみこめないままに「私」が彼女と博士の地下研究室へ足を運ぶと、あたりは何者かの手で無茶苦茶に荒らされていました。

ただ、そこに残されていた博士の手帳のあるページに「世界の終りまで残り三十六時間」と記されてあるのが目をひいた。

このあと、二人は研究室の奥の秘密の洞窟を抜け、東京の地底深くひろがる暗闇の別世界に博士を探す旅へとおもむきます。そこはまさに小説のタイトルにある「ワンダーランド」の名にふさわしく、蛭《ひる》の大群のうごめく穴あり宇宙の中心にそびえるシュメール山を思わせる山ありと、村上作品のなかでは珍しくインディー・ジョーンズ物風の冒険小説仕立て、無条件に楽しめる場面になっています。

やがて、見あげるような岩山をよじ登った二人は、そそりたつ岩壁の横穴に隠れていた老博士を発見する。

そして「私」は博士の口から驚くべき話を打ち明けられることになります。

マッド・サイエンティストの告白

じつは、博士は昔、「私」のいまのつとめ先である会社の研究スタッフの一人で、人間の脳の改造手術がらみの秘密実験に熱中していた。

それは、まず被験者の頭脳から「意識の核」となるものを取り出す。そのなかに博士の手で独自に編集されたシナリオをセッティングする。そのうえで新しい「意識の核」をふたたび頭脳に埋めこんで被験者を改造する、というかれみずから自慢するところでは画期的な内容をもつインプット手術でした。

それだけではありません。博士はなんとそれを「私」に一切知らせないまま「私」を勝手に実験台にして問題のインプット手術をおこなっていたという。

博士は、「私」にその際自分が「興味本位」（！）にインプットしたのは「世界の終り」というシナリオだったが、それにはあいにくと「自動閉鎖機能」がくっついていない。しかも、今回、闇の組織により研究室のコンピューターのデータが破壊されたため、閉鎖がもはや完全に不可能になってしまったと告げる。

博士によると、シナリオの中身として設定された「世界の終り」とは、「時間もなければ空間の広がりもなく生も死もなく、正確な意味での価値観や自我もない」「何もがあり、同時に何もかもがない」世界だという。

それは、いまから正確に二十九時間と三十五分後に「私」の頭脳に開かれるだろう。

しかし「怖れることはありません」と博士は「私」を淡々とはげました。死ぬといってもそれは「心の中」で死ぬだけだ。「あんたはそこであんた自身になることができます」。それは「あんた自身が作りだしたあんた自身の世界」であり、そこには「安らぎの世界」としての「不死」が待っているだろうと博士は「私」に語った。

ここでいわれる「世界の終り」が、並行する〈世界の終り〉のパートの物語で描かれた、

「ここは完全な街なのだ。完全というのは何もかもがあるということだ。しかしそれを有効に理解できなければ、そこには何もない」(「大佐」の言葉)

という例の「街」、

「私たちは何も思わず、ただ通り過ぎていくだけ。年をとることもなく、死ぬこともない」(図書館の「彼女」の言葉)

という「完全な住人たち」の生きる「街」と同一の存在であることは明らかでしょう。

ボブ・ディランを聴きながら

〈ハードボイルド・ワンダーランド〉のパートの物語は、博士の言葉に惑乱した「私」が葛藤のあげく、自分は死ぬのだと「便宜的に考える」境地に達し、海がみえる車中でボブ・ディランの『激しい雨』を聴きながら頭の中で発生する「世界の終り」を受け入れるところで

終わっています。

やがてその雨はぼんやりとした色の不透明なカーテンとなって私の意識を覆った。眠りがやってきたのだ。

私はこれで私の失ったものをとり戻すことができるのだ、と思った。……私は目を閉じて、その深い眠りに身をまかせた。ボブ・ディランは『激しい雨』を唄いつづけていた。

すでに見た通り、〈世界の終り〉の物語では、主人公である「僕」は「世界の終り」にみずからとどまることで静かにそれを受け入れました。

一方、〈ハードボイルド・ワンダーランド〉の主人公となった「私」の場合は動揺のあげく諦念のうちにその運命を迎え入れた。

スタイルこそたがいに異なりはするものの、最後に受け入れるという結論についてはどちらのパートも同じです。

それでは、村上春樹が物語の形を借りてこのように描きあげようとした「世界の終り」とは、本当のところ、どのような世界だったのでしょうか？

また、村上は、そもそも、なぜこの『世界の終りとハードボイルド・ワンダーランド』という作品でその世界を描こうと考えたのでしょうか？

第六章ではそのことについてみてみたいと思います。

第六章

村上春樹をとらえる「古い夢」の世界

「不」は一生のテーマ

村上春樹は、『世界の終りとハードボイルド・ワンダーランド』の〈世界の終り〉のパートのなかで、「心」のない街を浸す不思議な安らぎについて語ります。

そこには、〈ハードボイルド・ワンダーランド〉のパートで主人公である「私」の意識のなかに博士が出現させた「世界の終り」と同様に、「生も死も」なく、また「自我」もありません。

そしてわれわれは、浅羽通明の言葉にしたがえば、「想像してごらん、自我なんてないって」と平気でいえる国に住んでいる。

これは「世界標準」からすればかなりびっくりするような文化でしょう。そして、そんなところで「世界の終り」をめぐって「僕には僕の責任があるんだ」と決然といわれたとしても、何やら身振りの匂いがつきまとってしまうのは、まあ、無理のないことかもしれません。

もっとも、これも——あとでのべるように——「空性論」がかかえる構造的な特質の問題として、ある意味でいたしかたのない話にはちがいないのですが。

ところで、本書の第三章で村上作品に現われる唯名論的な世界観の特質に関してのべましたが、その際に大乗仏教についてふれておきました。

これは日本をふくめて東アジア諸国を中心に広まった仏教の大スクールですが、皆さんは、その大乗仏教の経典のなかにこの「自我がない」ということを真正面から説くことで有名になった経典があるのをごぞんじでしょうか?

『般若心経』——日頃はあまり仏教に興味のない方でも、一度くらいは名前を聞いたことがあるでしょう。

日本の葬儀で最も普通に読まれてきた代表的な大乗経典の一つでもありますが、日本ではとりわけ禅宗で長く重んじられてきました。

相田みつをという詩人がこの禅宗と縁の深い人物だったことはすでに紹介しました。

その相田にはこんな印象に残る書の作品があります。

不　　　　　　　　　　　　　　　　　『にんげんだもの』

この書にみずから付した文章で、相田はこのようにのべています。

「不」という字は般若心経の中にたくさん出てきます。……この「不」は、単なる否定ではなくて、「無」や「空」と同様に、相対分別を超えることだと思います。つまり、善悪、大小……などという、人間の作った相対的な価値観を一切やめてみること、それが「不」です（傍点原文）。『生きていてよかった』

相田はまた、別のところでつぎのようにも語っています。

「不」は、わたしの基本的な生き方であり一生のテーマです。『にんげんだもの』

般若心経の「色即是空」

「不」とは文字通り「～がない」ということです。一般に、仏教の経典類のなかでも、般若経典系統に属する経典の作成者たちは「～がない」という表現を好みます。「不」や「無」はそのために用いられる代表的な言葉ですが、ここでいう「～ない」とは、

空であること

を実質的にさしていること、また「空」とは「ある」／「ない」を含めてあらゆる二分法思考（＝分別）を廃棄し、それを超えた世界を示す言葉であることなどは、第三章の中観派

哲学の説明のところでみた通りです。

中観派とは大乗仏教のなかでも徹底した唯名論を説くことで知られた学派でしたが、一言でいえば、経典が「空」を表す際に使う便宜的な言い回しがこの「不」と「無」の二字だということですね。

『般若心経』については、私は二〇一五年の春に『謎解き般若心経』という本を出版しました。これは四世紀頃、大乗仏教が誕生して三百年以上過ぎたあたりに成立した経典ですが、本のなかにも書いた通り、日本ではとりわけ「空」思想のエッセンスを伝える経典として、近代以降の研究者たちによって注目をあつめた。

たった二百六十二文字の漢字からなるパンフレットもどきのコンパクトな経典ですが、中身は「空」思想を中心に説く散文部分と密教化の影響をうけた末尾のマントラの部分にわかれています。そしてその散文部分には「色即是空《しきそくぜくう》」「五蘊皆空《ごうんかいくう》」「無眼耳鼻舌身意《むげんにびぜつしんい》」「無受想《むじゅそう》行識《ぎょうしき》」「不生不滅《ふしょうふめつ》」「諸法空相《しょほうくうそう》」など、空思想にもとづく「名文句」がそれこそ目白押しにならぶことになり、この凝縮された「哲学的表現」が明治以後の仏教学者たちによる高い評価につながることにもなったわけです。

その散文部分の内容についてですが、「空」の教えに沿って要約すれば、こんなふうになります。

自己はない。

自己をとりまく外部環境もない。
自己と外部環境が接触することにより生じる、世界をめぐる認識もない。
それを知ることが向こう岸（彼岸）の世界に渡るということだ。
この向こう岸の世界で人は一切の恐怖や錯乱をまぬがれて永遠の安らぎを得られる。
それが涅槃という救いに達することである（究竟涅槃）。

大乗仏教の救済論の核心がずばりと説かれているわけですが、ちなみに、仏教が問題にする「世界」とは客観的な物理学的世界ではありません。それはあくまで心身つまり自己が知覚する世界であることに注意しておいてください。ここから、自己からの解放がそのまま世界からの解放を意味するという仏教独特の救済観が生まれることになるわけです。

そうした救済観の特質はブッダ自身がすでにたずさえていたものですが、ここでこの『般若心経』に登場する文句のうちで最も有名なものをあげるとするならば、それはまちがいなく、

色即是空

の一句になるでしょう。頭にある「色」とは「かたち」、「形あるもの」の意味ですが、ここではとくにわれわれの「身体」をさして使われています。いうまでもなく「身体」は「精

神作用」とともに「自己」を構成する二大要素となるものです。
『般若心経』の冒頭近くに、

五蘊皆空

とでてきますが、この「五蘊」がまさにこの「自己」の意味。それが「皆空」、すなわち、まったく（＝皆）実体を欠いているということ（＝空）が、ここでは宣言されています。

また、その少し先の箇所に、

無眼耳鼻舌身意

とあるなかの最後の「意」とは、われわれが普通にいう「心」のことをさします。近代の日本語にいう「自我」の使われ方はさまざまで、ラフに「自己」と同一視される場合もありますが、この意味での「自我」は「五蘊」にふくまれることになります。

また、これとは別に「アイデンティティに関する責任意識」というさらに厳密な使い方も「自我」にはあるわけですが、こちらの方は、心としての「意」にふくまれる。

したがって、どちらにしても、「自我」は「ない」（＝無）ことになります。

「ないない仏教」の世界

さて、右と同じことは「自由意志」（自由意思）についてもあてはまる。さきの「色即是空」のあとにつづく部分に、

無受想行識

とあるなかの「行」とは意志の力のことです。意志が記憶にもとづくことから記憶作用とも訳されます。

そして最後に「識」とあるのはわれわれが普通にいう認識のことで、これらもすべて「ない」（＝無）のです。

ちなみに、同じ文章にある「受想」とは「感覚・表象」のことですから、まさに「ないない」づくし、『般若心経』は世界解体のモチーフに貫かれた経典ということができます。

また、「無受想行識」のすぐそばの箇所には、

不生不滅

とありますから、村上春樹がいうように「生も死もない」――。

ちなみに、これらの文章で用いられている「不」や「無」は「空」の便宜的な表現だとさきほどのべましたが、そのことは、「不生不滅」や「無受想行識」の前に、

諸法空相

つまり、「存在するものはすべて空性を特質とするのであり」とあることからも明らかになります。

仏教では涅槃もまた「ない」。したがってそれにとらわれるべきではない。それを知ることこそが「さとり（＝救い）」であることは、第三章でとりあげた通りです。

ここで興味深いのは相田みつをがその「一生のテーマ」だという「不」を自分自身の真の回復、すなわち「再生」のポジティブなイメージで語っていることです。ここにいわれる「再生」が「喪失」を前提とした概念であることは、論じるまでもないでしょう。

相田は「不」にこだわりをもつ詩人書家でもあります。

「不」の書は、『生きていてよかった』の他に『にんげんだもの』のなかにも登場します。

「本当の安らぎ」とは

たとえば『にんげんだもの』におさめられた「不」の書に添えた文章のなかで、相田は自身の「不」に対する見方について語ります。

「不」は通常打消しの語で、アラズ、シカラズナシ、など否定の意味に使われますが、
わたしの場合は
昨日までの自分を否定し
今日の自分に生きる
今日、新たに生まれ変る
という意味で使っています。

これは、いかにも人生訓を得意とする作者ならではの仏教解釈の言葉だといえるでしょう。

さらに、『般若心経』的世界観への帰依者としての相田が作品中で愛用する言葉の一つに、

本当の安らぎ

というものがあります。そしてこの安らぎこそは、「自分が自分になること」によってのみ得られる。それは相田の言葉を借りれば、「本来の自己」の回復（『生きていてよかった』）を意味するものにほかならないというのです。

この世は
わたしがわたしに
なるところ
自分が
自分に
なりきる
ところ

……変る外側に眼を向けているかぎり、本当のいのちの安らぎはありません。本当の安らぎを得るためには、眼を自分の外側ではなくて、内側に向けることです。そして自分が自分になることです（傍点原文）。『生きていてよかった』

仏教は、発足当初から、「彼方におわします神」――たとえばキリスト教にみられるような――への関心を外して、自身の内面を凝視することにアクセントをおくことに意を用いてきた教えです。キリスト教徒の「信仰」に対して仏教徒の「信心」がしばしば対比されるのも、この意味で理由のないことではありません。

生死へのとらわれからの解放

まえのところで、『般若心経』は日本の葬儀でよく用いられる経典だと書きました。そのキー・フレーズの「色即是空」が日本人の間に知られるようになったのもそのためでしたが、そんな『般若心経』に一つだけ登場しない言葉があることにお気づきでしょうか？

あの世（来世）

という言葉がそれです。『般若心経』は死者を送る儀式で読まれる経典であるにもかかわらず、この語だけはなぜか無視しているのです。

そして、このことには、きちんとした仏教史的な背景があります。

意外に思われる人がいるかもしれませんが、生前のブッダはこと「あの世」の問題にかぎっては固く口をとざし、自身の考えを語ろうとはしませんでした。

ブッダの弟子たちがいくらたずねても、沈黙を守った。

この沈黙を仏教ではブッダの「無記」と伝統的に呼んできましたが、それは「死後のことは死んでみなければわからない」というブッダ特有の経験主義的な不可知論の立場からくるものでした。

ブッダはこの意味で徹底した「現世主義」の人でした。

要するに、ブッダというまれにみる人間観察家の目には、死後の世界について人々がくよくよと悩みつづけることは、いつまでも生きていたいというかれらの欲求（＝煩悩）の産物であるとしか映らなかった。

そんなあるのかないのかもわからない「彼岸」について悩むことに何の意味があるのか。そんな暇があるなら修行によって煩悩の根を断つように努力しなさい、とブッダは説いた。そしてそこでいう修行のゴールを、

生死へのとらわれからの解放

において、これを本当の彼岸、つまり涅槃と呼んだのです。

これにかぎらす、ブッダの語る涅槃についての説教は、終始明快な「現世主義」の思想に貫かれています。

以下に紹介したいのは、初期経典『スッタニパータ』が伝えるブッダの言葉です（（　）内は詩句番号）

涅槃は現世に求めよ

この世において見たり聞いたり認識した甘美なものに対する欲望と貪りを除き去ることが、不滅の涅槃の境地である。〔一〇八六〕

右のことをよく知って、気をつけ、この世においてまったく煩いを離れた人は、つねに安らぎに帰している。かれらは世の中の執着を乗り越えている。〔一〇八七〕

そしてブッダは、人がこうした境地を体得したとき、

かの者は永遠の生、不死（amata）の境地に達した

と評した。

この世において愛欲を離れ、智慧ある修行者は不死の境地、安らぎと永遠の涅槃の世界に達した。〔二〇四〕

ここでもまた涅槃の「この世」的な性格が強調されています。
この意味で、相田みつをが、

この世は
わたしがわたしに

なるところ

と一見いかにも楽天的に謳ったのは、二千五百年前のブッダの精神を素直に踏襲したといえるものでした。

つぎにあげるのもまた、同じく初期経典の一つ『ダンマパダ』におさめられた詩句集のなかからの引用です。

不死の境地を見ないで百年生きるよりも不死の境地を見て一日生きることの方がすぐれている。〔一一四〕

『スッタニパータ』や『ダンマパダ』といった大乗仏教成立以前の初期の仏教の経典は、それを引き継いだスリランカや東南アジアのいわゆる小乗仏教圏で聖典としてあがめられてきました。

これらの国々で『ダンマパダ』のこの文章を知らない人はいないでしょう。

このように仏教における「彼岸」としての「涅槃」の境地、それはもともとはわれわれが生きている間に意識のなかで到達すべきものだった。

本書の読者の皆さんのなかには京都や奈良の由緒あるお寺で、ブッダの臨終の様を描いた「涅槃図」と呼ばれるものを目にしたことのある方がおられるかもしれません。

じつは、「涅槃」に「死による安らぎ」の意味が加わったのは歴史的にはかなり遅く、ブッダの死んだのちのことだったのです。

きっかけは開祖ブッダの死に弟子たちが受けた衝撃のあまりの大きさでした（実際、どの涅槃図でも、ブッダの遺骸を取り囲んで号泣する直弟子たちの姿が描かれています）。

開祖ブッダの肉体の消滅。かれらは喪失感のなかでなんとかしてこの衝撃を解消しようと試みた。そのすえにひきだされた結論が「死による安らぎ」の獲得という考え方だったわけですね。

そしてこれ以後、仏教は、地獄、極楽といった「あの世」に関する言説を大幅に増やしてゆくことになります（大乗仏教の一つである浄土教系の経典の極楽世界もこの流れの延長線上に生まれます）。

大乗仏教はブッダの死後数百年を経た紀元前後のインドに発足した仏教のスクールです。のちに中国や日本などのヒマラヤ以北の東アジア圏に広まったそれは、ブッダが地上から去ったあと気がつけば経典の重箱の隅をつつく閉塞状況におちいっていた当時の初期仏教に対して異議を申し立てた、いわば革新型の仏教でした。

大乗仏教はいくつかの系統の経典類をもつことになりますが、なかでも、とりわけ般若経典の系統は、ブッダの「単純な精神」の再生をめぐる強烈な問題意識をもつ僧侶たちのグループによって作成されたものでした。

『般若心経』の成立はおおむね四世紀頃と推定されているわけで、その意味で、この日本屈指の人気経典はブッダの死後数百年をへて「ブッダの原点」の再確認をめざした流れに棹《さお》をさした経典の一つだったといえるのです。

BGMはボブ・ディランよりも……

『般若心経』は、人間が現世で涅槃（＝彼岸、向こう岸）にわたるための心得を説いた経典です。

この経典ではたしかに「不」の文字が印象的に用いられ、相田みつをはこの強烈な一文字を「一生のテーマ」としてきたと語ります。『にんげんだもの』および『生きていてよかった』は、「不」のテーマを通奏低音とするかれの代表的書物です。

ここで『世界の終りとハードボイルド・ワンダーランド』のうちで〈ハードボイルド・ワンダーランド〉のパートにでてくる、

「怖れることはありません。いいですか、これは死ではないのです。永遠の生です。そしてそこであんたはあんた自身になれるのだ」

「あんたは不死にふさわしい人なのです」

という、はげしく動揺する「私」をマッド・サイエンティストである博士がはげました言

葉、同じようにまた、

「あんたはその世界（世界の終り）で、あんたがここで失ったものをとりもどすことができるでしょう。……あんたが失ったもののすべてをです。それはそこにあるのです」

という「本当の自分」の回復について語る博士のメッセージを相田みつをの言葉としてその著書にのせたところで、なんの違和感もないことがわかるでしょう。

このことは、〈世界の終り〉の「街」についても同様にあてはまります。「心」のなすままに「ただ通り過ぎていく」だけの「完全な住人たち」が静かに呼吸していたのも、まさにここで描かれた世界でした。

『般若心経』が説いてやまないのもまた、「心」も「自我」もない世界、

生も死もない

ことを受け入れた彼岸の世界です。

〈世界の終り〉の図書館のなかで主人公の「僕」は心の記憶という「古い夢」を読まされますが、ここでは「僕」の心をわしづかみにしたもっと大きな「古い夢」こそはじつはこの彼岸そのものだったのだという見方もできるでしょう。

実際、『般若心経』はいまでも日本人をとらえつづける「古い夢」、国民的な仏教経典にほかなりません。

こうしてみると、どうでしょうか、村上春樹が「脱国籍的」で「日本的な文化や伝統を特に感じさせない」などとどうしていえるのだろうとそんな気がしてきませんか?

私にいわせれば、村上春樹こそは仏教的な世界観を語らせれば右にでるものがいない、現代日本に生きる代表的な仏教作家です。「世界の終り」とは日本人が長く親しんできた『般若心経』が語るなつかしい安らぎの世界です。

〈ハードボイルド・ワンダーランド〉のパートのラスト、最後の一節にきて、主人公の暗号エンジニアである「私」は、海の見える車のなかで、

私はこれで私の失ったものをとり戻すことができる。

といまや自分を呑みこもうとする「世界の終り」を受け入れる。

そして「深い眠り」に主人公が滑り落ちてゆく際に車中に流れるテープの音楽として村上が選んだのは、ボブ・ディランの『激しい雨』でした。

この作品を完成させたとき村上春樹は三十六歳でした。ただ、いまからみればこの曲の選択はミスマッチだったという気がしてなりません。

〈ハードボイルド・ワンダーランド〉の全篇を覆うスラップスティックス感、そして今日の

global Buddhism のダイナミックな展望を正しくふまえれば、この場面には、

木魚のぽくぽくの音

がいっそふさわしかったのではないかと私には思えてならないのです。

「ベタッと迫ってくる」相田みつを

ところで、第四章で「『ハルキ的』空気」と詩人書家の相田みつをがかもしだす空気感——〝世界は課題であることをやめた〟感——を比較したおりに、こんなことをのべたのをおぼえておられるでしょうか?

私は村上春樹と相田みつをは同じ椅子に背中合わせに坐った兄弟同士のようだと感じることがあります。

また、つぎのようなことも書きました。

ということは、それぞれの信奉者同士もまた同じ椅子に背中合わせに坐った兄弟同士だということになりますが、それでいてなぜか自分とは別の惑星の住人だとたがいに信

じこんでいる。

別の惑星の住人だ、というのは、たがいに異なった空気を吸っている生き物だということですが、この相田みつを的なものに代表されるものへの「疎遠感」は、村上のファンだけでなく、ほかならぬ村上自身も抱いているように思える。

村上春樹に臨床心理学者の河合隼雄との面白い対談があることはすでに紹介しました。そこでふれたように、村上はみずからの作家としての形成の時代について、自分はデタッチメントから出発したと語っていた

村上は、その際、こんなことも話しています。それは、直接相田みつをにふれたものではもちろんありませんが、伝統的な「私小説」への違和感を告白したくだりの発言です。

……日本語でものを書くというのは、結局、思考システムとしては日本語なんです。……それまで日本の小説の使っている日本語には、ぼくはほんと、我慢ができなかったのです。我（エゴ）というものが相対化されないままに、ベタッと迫ってくる部分があって、とくにいわゆる純文学・私小説の世界というのは、ほんとうにまつわりついてくるような感じだった。それが当時ぼくはいやでいやでしょうがなくて、こういうところを抜け出したい抜け出したいと思って（カッコ内原文）。

さて、ここまで私の村上春樹論を読んでこられた方のなかには、あるいは熱心な村上ファンもおられるかもしれません。そうしたファンのなかにはこの「ベタッと迫ってくる」「まつわりついてくるような感じ」に相田みつをを思い浮かべる人も少なくないのではないでしょうか。

否定と肯定の両方が必要だとはいうが

たがいに似ているはずの人間が、たがいを自分とは正反対の人間だと信じている——では、いったいなぜこんなことがおきるのでしょうか。

じつをいうと、これは「空性論」それ自体がかかえる特質からくるものなのです。つまり「空性論」的な世界というのは、ややもすれば「相田みつをの世界」に一挙に雪崩《なだ》れこんでゆく特性を、本来、構造的にもっているのです。

ただし、この「ややもすれば」という点については、少し説明を必要とするかもしれません。

相田みつをは、なるほどその語る通り、「不」（＝ない）にこだわっているわけですが、ここでいう「ややもすれば」は、要するに「否定」と「肯定」の使い分け、さじ加減しだいでは、を意味するものとして理解してください。

相田みつをは、『生きていてよかった』のなかで、浄土真宗の宗祖・親鸞聖人の「煩悩具《ぼんのうぐ》足《そく》の凡夫」という有名な言葉を引いています。

相田はそこで凡夫が親鸞聖人自身もふくんでいわれていることに注目して、そこに聖人の「きびしい自己否定」の姿を見いだそうとします。そしてこう読者に語りかけるのです。

きびしい自己否定がなければ、人間はすぐ傲慢になります。一方、絶対の自己肯定がなければ卑屈になります。

卑屈にも傲慢にもならないためには、自己否定、自己肯定、共に必要ですね。

ただ、こうして「否定」と「肯定」のバランスの取り加減の大切さを説く文章は、相田の手になるある書に添えられたものでした。

その書というのが、

これでいい
とは思いま
せんが
これしか
できない
わたしには

という相田カラー全開の作品なのでした。どうでしょうか。なぜか都都逸《どどいつ》になっているのを割り引くとしても、どう考えてもここでは自己肯定の契機が目につくと思いませんか？

相田の文章の特徴は、独特の下から目線の迫力にあるようです。しかもその目力がただ事じゃない。

相田みつをの「色即是空」

あれこれ
卑下はする
けれど
やっぱり
自分が一番
かわいい

『生きていてよかった』

こういうのを「言い切る力」というのでしょう。まねができそうでだれにもまねのできない芸当です。また、こんな作品もあります。

いざとなると

人間は弱い
からねえ
人間のわたし

同前

そもそも『にんげんだもの』という書名の文句からして、これを口にするのは近代日本の知識人と呼ばれる人々にとって、少なくともたてまえ上は、タブーでした。

ですが、相田はその程度の掟破りなどには頭から頓着などしないのです。

相田みつをが『般若心経』を自分の人生に指針をさずける経典としていることはまえにふれました。

『般若心経』の目玉スローガンはさきにのべたように「色即是空」ですが、代表作『にんげんだもの』にはこれを用いた書も登場します。全部で八行の書です。

その書には、

色即是空
空即是色

とまず冒頭の二行にでてきます。みての通り、これは『般若心経』からの直接引用の部分です。そして、そのうえで残りの六行はこうつづくのです。

かねが人生の
すべてではないが
有れば便利
無いと不便です
便利なほうが
いいなあ

これを読むたびに私は、相田みつをという人は村上春樹とは別の意味で「コロンブスの卵」型の天才だったのだ、とつくづく思います。

かねの大切さはその通りです。ただ、こういうことは、たとえ思っていても、普通は書にはしない。しかし相田は平気でするのです。

第二章の『風の歌を聴け』についてのところで、ただ思っていることとそれを書くこととでは天と地の違いがあるという話をしました。

「色即是空」の教えのどこをどう押せばかねのありがた味とつながるのか、真剣に考えだすとパニックにおちいるような作品ですが、これもまた相田の天才性の証しだと申しあげたい。

天才とは、多かれ少なかれ、常人の想像を超えたブッ飛んだ頭の構造の持ち主のことです。

人を驚かせない天才の発想などは初めから語義矛盾だというべきでしょう。

村上春樹対相田みつを

相田みつをとは、そこに落ちこんだら最期すべては終わる、村上やその信奉者たちにとっての恐怖の滝壺です。そこに近づく気配を感じたら一目散に遁走しなければならない。『般若心経』は村上春樹および相田みつの二人を等しくとらえる「古い夢」です。

相田はそうした夢への愛着をストレートに、村上は「ネガ」という形での両義的な二重感情を通じて語る。違いはそれだけです。

要するに村上春樹は、相田みつを的なるものの滝壺がもうもうと立ち昇らせる水煙のなかで気高くもあやうい綱渡りをしているのです。しかも、いかにも超然と。

なぜそんな危険まで冒して古い夢にコミットメントをしなければならないのかといえば、それが村上の感じる解放＝救済に関わる夢だからというほかはありません。

いずれにせよ、世界文学のトップランナーとしての村上春樹が相田みつをの「肯定の滝壺」への大転落をまぬがれるためには、不断に否定のドライブをきかせてゆかざるを得ない。ストイックに、またスタイリッシュに。

この意味で、村上春樹と相田みつをは同じ椅子に背中合わせに坐った兄弟、村上春樹の世界とは否定を通しての相田みつをの世界にほかならないということがわかるでしょう。これは事の是非を問題にしていうのではありません。良かろうが悪かろうがそうなのです。

それにしても、この現代日本が生んだ二人の天才にまつわりつくこの「古い夢」、その執拗な吸引力のつよさの秘密はどこからくるものなのでしょうか？

また、相田みつをの滝壺へと人を誘ってやまない空性論なるもののもつ「構造」の正体とはなんでしょうか？　これはちょっと考えてみる価値がありそうな話です。

そして、その点について考えるのは、「空性論」的なデタッチメントからの離脱を企てた村上が手法的な実験をくりかえしつつもなぜ最後にその受け入れに帰着せざるを得なかったのか、その理由について考えることでもあります。

次の第七章では、そのことを念頭に叙述を進めてみたいと思います。

第七章

村上春樹を閉じこめる「空」の輪の秘密

回転木馬のデッド・ヒート

村上春樹の文学の特質の一つとしてよくあげられるものにセンチメンタリズムがあります。

本書の冒頭で『ノルウェイの森』を批判した文芸評論家の富岡幸一郎の文章をとりあげましたが、そこでも、「村上文学の特色といってよい」（富岡）センチメンタリズムが俎上にのせられていました。

そして村上のそれが「人間は終わってしまった」認識と切っても切れない間柄にあり、というよりその認識にもとづくものであると指摘されていたことも、その際に記した通りです。

ところで、センチメンタリズムは人間が古くからもつ感情の形式の一つですが、発生のメカニズムという点でナルシシズムと密接な関わりをもつ概念です。

正確にいえば、どちらもが、一つの自己完結的な「輪」のピースをなしている。

「輪」には一度閉じられると始まりも終わりもないという特色がそなわっている。そして、この「輪」といえば、村上が書いたもののなかで思い出されるものが一つあります。それは「回転木馬のデッド・ヒート」というかれの手になる興味深いエッセイにでてくる言葉です。

このエッセイ自体は、一九八五年の秋、『世界の終りとハードボイルド・ワンダーランド』の発表の直後に書かれたもので、のちに同じタイトルをもつ本におさめられています。『世界の終りとハードボイルド・ワンダーランド』のエンディングにたどりついた後の村上自身の感慨が素直な筆致の文章でつづられ、印象深いものになっています。

村上は、そのなかで、我々自身を規定する「人生という運行システム」についてふれ、それを「定まった場所を定まった速度で巡回しているだけの」回転木馬（メリー・ゴーラウンド）にたとえながらこんなことを語っています。

> 他人の話を聞けば聞くほど、そしてその話をとおして人々の生をかいま見れば見るほど、我々はある種の無力感に捉われていくことになる。……

村上は同じ文章で、その無力感を体に残る「おり」（傍点原文）と名づけています。そのうえで回転木馬という「輪」のなかでくりひろげられる堂々めぐりについて、こう言葉をつづけます。

我々はどこにも行けないというのがこの無力感の本質だ。……それはメリー・ゴーラウンドによく似ている。それは定まった場所を定まった速度で巡回しているだけのことなのだ。どこにも行かないし、降りることも乗りかえることもできない（傍点原文）

まさに「出口なし」というわけですが、『世界の終りとハードボイルド・ワンダーランド』で『般若心経』の世界を見事にくりひろげてくれた村上の口からこんな言葉を吐かれてしまうと、どうでしょう、一つの言葉を思い出したりしませんか？　そう、おしゃか様のてのひら。

これは、日本では、中国の明の時代の伝奇小説『西遊記』にでてくる孫悟空の雲上飛行の場面を通じて有名になったもので、あるとき孫悟空が自由を求めて世界の果てまで飛んでいこうとする。そして自信満々、はるか遠くまで来たと思った瞬間、雲の彼方におしゃか様の五本の指がにゅっと下から突き出していた。つまり孫悟空はおしゃか様のてのひらの上でただ踊っていたにすぎなかった、という文字通りブッダの教えの広大無辺を物語る逸話でした。

「空」の拘束性のメカニズム

では、現代の作家村上春樹は、なぜそのような「どこにも行かないし、降りることも乗りかえることもできない」回転木馬に、まるで内省的な孫悟空のように閉じこめられてしまうのでしょうか？

本書の第四章では『1973年のピンボール』についてとりあげましたが、そのなかで「空」のもつ拘束性に関するいくつかの指摘をしました。

その際に、「空性論」がいったんそれとの戦いを決意した人間にもたらす帰結についてこう書いておいたことをおぼえておられるでしょうか？

ちなみに、文章の冒頭にある「それ」とは空性論をさします。

> それは、一口でいえば、その世界との闘争——決別あるいは脱出という名の——それ自体が行為者本人に対する「空」の拘束性（の完全性）を証すことに帰着する、という怖るべき世界です。

また、村上春樹の「変わらなさ」に関してふれた第三章では、一度「空」の鏡をのぞいた者は二度とその幻影から逃れられないという、「空」の拘束性のかかえる心理的メカニズムについても言及しておきました。

これに対して、いまからとりあげたいのは、このような「空」のもつもう一つのメカニズム、論理的メカニズムの方についてです。

結論からいえば、「空」の拘束性の正体については、この論理と心理の両面のメカニズムへの考察があって初めて理解が可能になります。
右にあげた二つはともに、「空」（あるいは「空性論」）のもついわば構造的メカニズムと呼ぶべきものですが、それを考えるためにまずここでは、『世界の終りとハードボイルド・ワンダーランド』の登場人物たちが「世界の終り」について口にした以下のいくつかの台詞に注意をとめておいてください。

「ここから出ることは誰にもできない。……ここは世界の終りなんだ」（門番の言葉）
「（この街は）流動的で総体的なものだ……ここは決して固定して完結した世界ではないんだ。動きながら完結している世界なんだ」（影の言葉）
「もう輪は閉じてしまった」（図書館の彼女の言葉）
「そこには何もかもがあり、同時に何もかもがない。そういう世界をあんたは想像できますか？」（博士の言葉）
「この街は……片道穴なんだ」（大佐の言葉）

「空」にもとらわれてはならない

「空」が古代インドの「ゼロ」という原義をもつ言葉であることはまえにのべました。

実際、「空」とは古代のインド人が考えついたおそらく人類がもった最強の世界解体概念の一つだといえるでしょう。

この「空」を基礎にインドの大乗仏教で中観派という有力な学派が発展させたのがナーガールジュナの「空性論」であり、それが唯名論的な特質をもつものだったことについては第三章でくわしく論じた通りです。

また、その際に、その「空性論」を高度に洗練させた中観派の哲学者たちがみずからを、

名前の対応物《レファラント》として固定的で不変の実体を想定すべきでないと主張する人々

と定義していたことについても紹介しました。いうまでもなくここにいう「名前」とは、ものにつけられた言葉、「概念」のことです。

そして——ここが大切なポイントですが——「空」もまた便宜的に名づけられた概念の一つにすぎません。したがって、「空性論」においては「空」自体へのとらわれもまた、きびしく戒められることになる。

これが唯名論が要請する「名称の暫定性」の思想であり、「空」がその否定対象に対して発揮する「非選択的メカニズム」と呼ぶべきメカニズムのもつ極限的な適用例です。

「空性論」の理論モデルの確立者であるナーガールジュナは、このメカニズムについて、前出の『中論』のなかでつぎのように語っています。ナーガールジュナの哲学に関心をもつ人々ならばだれもが知る有名な言葉です。

一切のとらわれから離脱するためにブッダにより「空」が説かれた。「空」の見解にとりつかれた者たち、かれらは癒しがたい人々であると聖人たちは言った。

さらに、これも「空」思想に沿った経典の一つである『迦葉品《かしょうぼん》』は、この点に関してさらに過激な表現でつぎのように敷延してみせます。

もしある人々が「空性」という概念を作りあげ、それに執着的に帰依するならば、私はかれらを、教えから疎外された壊れた人間と呼ぼう。

一方、これは前にもあげた経典の『三昧《さんまい》王経』は、名称の暫定性についてもっとはっきりした形でつぎのようにのべています。

ものの究極（空性）は言葉によってとらえられるものではなく、それは論理的思考において便宜的に語られているにすぎない。

くりかえしになりますが、「空」とはあらゆる概念からの自由をさして使われる言葉です。そして人はこの「空」という言葉自体にもとらわれてはならない。なぜなら言葉はいかなる場面でも最終的には捨て去られるべきものであり、そのことは「空」についても同じだからです。

では、そうした運命をもって語られる言葉一般について、「空性論」はどのような定義を下しているでしょうか？

簡単に定式化するならば、それは、

便宜的に設定された「同一性」と「別異性」をコミュニケートさせることにより世界を解釈するための道具

とまとめることができるでしょう。

そして、こうした道具としての言葉で仮に表される世界、それが仏教にいう、

仮名《けみょう》

と呼ばれる世界でした。

この「仮名」を仏教英語辞典でひくとprovisional name（暫定的な名称）とでてきます。もちろんこれはこれでよいのですが、もっと厳密に言い直すならば、

議論のために便宜的に設定される虚構の前提

といった方が正確でよいかもしれません。

このあらゆる議論に不可避的につきまとう虚構性を意表をついた突飛な言い回しで目の前に突きつけ、人がふだん自明視する「言葉」と「世界」の安定的な関係に揺さぶりをかけることで相手を一気に目覚めへと導くショック療法、これがいわゆる禅問答、禅僧が駆使する「公案《こうあん》」のもつ重要な機能の一つでした。

世界は「かのように」語れるだけ

だれもが世界を語るときは言葉を使わざるを得ない。しかし、世界は最終的には言葉では語れない――つまり、われわれは、世界を、宿命的に「かのように」語れるだけである。虚構の前提のもとに、あるかのように、ないかのように――。

これは『世界の終りとハードボイルド・ワンダーランド』の登場人物たちが「世界の終り」について語る、

「そこには何もかもがあり、同時に何もかもがない」(博士の言葉)

世界そのものだといえるでしょう。

また、その世界を仮に便宜的に「ある」にアクセントをおいて表せば、

「何もかもがある……しかしそれを有効に理解できなければ、そこには何もない」(大佐の言葉)

という世界だということになる。これが「仮名」の世界です。

「空性論」によって立つ仏教は、世界は便宜的な言葉でしか語れないことを口を酸っぱくして説く。そしてそのことを人々が受け入れるとき、かれらが得る一切のとらわれから解放された境地を、興味深いことに、

「遊戯《ゆげ》」

と経典は呼びました。この言葉からあるいは伝統的な禅文化にみられる軽みや「即興性」の特色を連想する人もいるかもしれません。事実、公案をふくむ禅問答は言葉のジャズと呼べる内実をもっています(そういえば、聞くところによると、ロシアの村上春樹の研究者た

ちは村上作品を評して、ジャズと禅を掛け合わせてJazzenという面白い造語で語ったりするそうです)。

まえに「空性論」は世界を「関係のネットワーク」とみなすと書きました。それは文字通り、瞬時もおかず変動してやまない、実体を欠いた「もの」同士が形づくる相互依存のネットワークのことです。

さきほど、「街」(世界の終り)に関わった登場人物の一人である「影」が発したこんな発言を引きました。

(この街は)流動的で総体的なものだ……ここは決して固定して完結した世界ではないんだ。動きながら完結している世界なんだ。

そういえば、第三章で私が言葉を引用したダライ・ラマ十四世は、そこでも紹介しておいた『般若心経』をみずから解説した著書のなかでこんなふうに発言しています。

「空性」がものの関係性(因果の法則)を可能にしているのである。

『ダライ・ラマ般若心経入門』

ダライ・ラマ十四世によれば、「空性」こそは関係性の基礎にほかならない。したがって、人が世界が関係のネットワークであることを受け入れること、それは世界が「空」であることを受け入れることにほかならないということになります。

インド人が発見した「輪」とは

ですが、問題はここでは終わりません。というのも、そうしたダライ・ラマ十四世の発言を受け入れたとたん、そこには一つのアポリア（難問）が生じるからです。

それはいささか厄介なアポリア、じゃあ、そう語っている当のダライ・ラマ十四世自身は「空」との関係でいったいなんなのだ？ というある意味で手に負えないアポリアです。いや、ここでダライ・ラマ十四世を名指すのは剣呑《けんのん》に思えるので、「あなた」という言葉を使うことにしましょう。

仮に、あなたがいま、「あらゆるものは空だ」と言ったとしましょう。

しかし、「空性論」を忠実に受け入れるかぎり、そう語るあなた自身も「空」だということになる。

しかも「そう語るあなた自身も空だ」と言うあなたも「空」であり、さらに「『そう語るあなた自身も空だと言うあなたも空だ』と言うあなたも『空』」、とどこまでいっても終わりません。文字通り、きりがなくなるのです。

おわかりでしょうか？

このように、仏教でいう関係性の世界とは、無始無終《むしむじゅう》なる特質をもって、無限に開いてゆくことで人をからめとり、からめとることで無限に閉じてゆく世界なのです。

これが私の指摘した空の拘束性の心理的メカニズムとならぶ二つめの構造的メカニズム、論理的メカニズムです。

インドの「空性論者」たちは、いみじくもこれを、始まりも終わりもない関係性の世界を見えないところで規定する「輪」と呼びました。

こうして「空性論」では、ものの「発生」についても「消滅」についても、もはや比喩としてしか語れなくなる。いまこの二つを人間にあてはめれば、生と死になります。

また、宇宙全体にあてはめれば、宇宙の起源と終末を意味することになる。

「空性論」を説く理論書の一つは、右の消息をこんなふうに説いています。

発生や消滅を（実体として）妄想する者は、相互依存関係のなかに始まりも中間も終わりもない輪のような世界があることに気づかない。

『六十頌如理論《じゅにょ》』

どうでしょうか？　これは文字通り始まりも終わりもないままに堂々めぐりをつづける回転木馬の世界だと思いませんか？

これが、仮名と名づけられる世界です。

仏教で「遊戯」と呼ぶもの、それは一言でいえば「空」の受容が必然的にもたらす論理的な無限後退を飼い馴らす技術を意味します。

飼い馴らしとは何か。それは世界との闘争ではありません。さりとて肯定でもない。それは否定を通しての肯定のことです。

そして、ここに村上春樹と相田みつをとの接点が誕生することになります。

相田みつをの「縁起について」

「空」とは「空」それ自身もふくめて世界の底を抜く概念です。

これは「空」の自己解体メカニズムと名づけてもよいでしょう。

まえに「否定」と「肯定」のさじ加減こそが村上春樹と相田みつをの二つの世界を分けるのだと書きました。

人間が生きてゆくには「否定」と「肯定」の両方が必要だと相田みつをは説きます。それは相田にとっては自明というしかない人間の生き方の基本なのです。

では、人がそうした生き方を受け入れたうえで実質的に肯定の方へ傾けばどうなるのか？そこにひろがるのは、しみじみ世界観と詠嘆の人生訓のハーモニー、つまり相田みつをそのものの世界です。

ところがそこに「ベタッと迫ってくる」何かを見いだすある種の人間たちにはこれが恐怖

の滝壺としか思えない。
そこで「否定」の方へ身を傾けにかかれば、滝壺はたちまち遠ざかってゆき、その果てには、立ちのぼる水煙を眼下に一人超然と綱渡りを演じる村上春樹の世界が出現するというわけです。
相田みつをには、「縁起について」というそのものずばりの題名の文章があります。そこでは相互依存関係としての生という仏教の世界観がこうのべられています。

この世の物ごとは、
すべていろいろな関係の中で
起こったり消えたりするということ。
単独に存在するものはひとつも
ないということ。……
全体の関係の中で
お互いに関係し合って
生かし、生かされているわけです。……
縁起は仏教の根本的な考え方です。
『にんげんだもの』

世界とは関係のなかで「起こったり消えたり」するだけのもの——そこでは「発生」も

「消滅」もすべては無限の関係の連鎖のなかに吸収される。「単独で存在するもの」すなわち「固定的で不変の実体」など思いこみにすぎないことが、ここではわかりやすく説かれています。

村上春樹が好んで描く世界もまたこのような「関係性の世界」であることはこれまで論じてきた通りです。

では、ここでさきほどの「空」の拘束性のメカニズムの話に再度もどることにして、そのような関係性の世界のなかでわれわれ人間同士が戦うとはいったい何を意味するのでしょうか?

村上春樹がわれわれの生を「出口のない」回転木馬にたとえていることは、まえに紹介した通りです。村上によれば、それはもはや離脱の不可能を運命づけられた世界です。その際限なくくりかえされるだけの堂々めぐりの流れのなかで、だれもが「降りることも乗りかえることもできない」。

そのことを認めたうえで、村上は人間と人間の関わりについてこう語ります。

(我々は)誰をも抜かないし、誰にも抜かれない。しかしそれでも我々はそんな回転木馬の上で仮想の敵に向けて熾烈なデッド・ヒートをくりひろげているように見える。
『回転木馬のデッド・ヒート』

つまり、実体を欠いた関係性の世界のなかで「空」の輪を受け入れる、するとそこでの一切の戦いは仮想《バーチャル》なものでしかなくなる。そこでは追われる者（敵）はもとより、それを追いかける者——自分や味方——もふくめてひとしく幻影にすぎない。あるいは、両者はともに「幻影」であることにおいて一致する存在だ、ということになるわけです。

ただ、こうした村上の考え方自体は決して目新しいものではありません。それどころか、日本ではずいぶんと古くからみられたといってよい。

この考え方を仮にいま「空性論」的闘争観と名づけてみましょう。

仏教思想にもとづくこの形の闘争観は、中世の禅の教えを通じて、日本の武士層に広く浸透しました。

たとえば、典型的な空性論の一つは、世界を形作るあらゆるものを、

如露亦如電　応作如是観（『金剛般若経』）

すなわち露や稲妻のような幻影のごときものと観るべきだと説きます。

いま典型的とのべましたが、事実、この文句を末尾に詩の形でのせる右の『金剛般若経』が戦国大名たちの世界観や人生観に強い影響をあたえたことはまえにふれた通りです。

一五五一年、織田信長の桶狭間の戦いの少し前、戦国時代の真っ盛りのことです。家臣の陶晴賢《すえはるかた》に討たれたいまの中国地方の有力な戦国大名だった大内義隆（一五〇七～一五五一）

は、死にのぞんでこんな辞世を詠みました。

討つ者も
討たれる者も
もろともに
如露亦如電応作如是観

見ての通り、最後の一行は『金剛般若経』の丸写しからなっています。

仏教学の泰斗だった故中村元はこの大内義隆の辞世について論じ、喰うか喰われるかの血みどろの戦いに生きた戦国武将も「最期のぎりぎりの覚悟はここだった」（『般若経典』）と感嘆しています。

「はかなさ」の自己省察

ですが、これはむしろみずからの生を断ち切る土壇場に立った人間が自分自身にあたえた「はげまし」の歌と見た方が正確なのではないでしょうか？

また、「はげまし」の代わりに「最期の慰め」という言葉を用いてもよい。用いたところで決して義隆の武人としての名誉を潰《けが》すことにはならないでしょう。

戦国時代といえば、浄土仏教系の信者たちによる一向一揆が高潮したこの時代に浄土真宗の指導者となった蓮如（一四一五〜一四九九）は、門徒衆にあてた「御文《おふみ》」のなかでつぎのような言葉をのべました。

それ、人間の浮生《ふしょう》なる相をつらつら観ずるに、おおよそはかなきものは、この世の始《し》中終《ちゅうじゅ》、まぼろしのごとくなる一期《いちご》なり。……されば朝《あした》には紅顔ありて夕べに白骨となれる身なり。

これは、のちに名文「白骨の御文」の一節として浄土真宗の枠をこえて広く知られることになりました。

中国・朝鮮経由でもたらされたインド仏教の世界観は、日本では六世紀における受容から数百年をへて土着化し、民衆レヴェルの血肉化の時期をむかえることになりました。十六世紀の戦国乱世とは、そうした歴史的な土壌を背景に、じつは、闘争の原理的不可能がほかならぬ国をあげての大闘争の主役たちの口から歴史上最も頻繁に語られた時期だったのです。

しかも、闘争にかまけることの「はかなさ」の自己省察は、大内義隆のような時代の闘争の敗者のみならず、最高の勝利者をもとらえて離さなかった。

それを示すのが、関白豊臣秀吉（一五三六〜一五九八）のよく知られた辞世です。

露とおき露と消えゆくわが身かな
浪速《なにわ》のことは夢のまた夢

『金剛般若経』の文句の一節もまた存在を「露」にたとえていたことはすでに見た通りです。

この有名な辞世がたとえ文章上手の祐筆の手になるものだったとしても、右にのべた事情は変わりません。当代きっての英雄的武人の最期にふさわしい歌としてこれが選ばれたこと自体に意味があるからです。

村上春樹と戦国大名の辞世

さきに見た通り、「空性論」は、文字通りあらゆる二分法、二項対立を「空」（ゼロ）の元に廃棄します。敵／味方の二項対立ももちろんこの無差別的な廃棄の対象であることをまぬがれない。

村上春樹が物語る「本当の心の安らぎ」にみちた世界、生も死もない「涅槃」イメージを規定する『般若心経』は、このような空性論の世界観を根底におくものでした。

とはいえ、大内義隆と村上春樹の文章には相違点もあります。

というのは、大内義隆の歌は戦国大名として刀折れ矢尽きた闘争者が最後に詠んだ辞世だった。

ひるがえって村上春樹の場合はどうか？　村上が前出のエッセイ『職業としての小説家』のなかでもふれている学生時代に共感した全共闘の活動は、主観的にはどうあれ、大内的基準からすれば、失礼ながら子供の火遊びのようなものでしょう。

もし大内義隆に村上の「回転木馬のデッド・ヒート」の「仮想の敵」の文章をみせたならば、四百年後の日本の若者は戦うまえから辞世を詠むのかとあるいは首をひねったかもしれない。

しかし——あたりまえの話ですが——平和な時代に生れ落ちたのは村上春樹のせいではありません。

戦国乱世の時代は、テレビでながめるぶんにはなるほど痛快で面白いが、いまのわれわれにはとてもじゃないが住めたものじゃない、戦場の首獲りが日常化したなんとも殺伐とした時代でした。

そんなわけで、われわれとしては、青春時代に示した棒振り合戦への共感が「トラウマ」になる太平の御世に生まれたことを村上とともに心からことほぐべきでしょう。むろん副作用として生じる平和ボケに心しつつもです。

仏教の説く本当の心の安らぎの世界、それは闘争なき世界の別名です。

そういえば、その素晴らしさを称えてやまない相田みつをには、こんな文章もありました。

うばい合えば足らぬ
わけ合えばあまる
うばい合えばあらそい
わけ合えばやすらぎ

『生きていてよかった』

一方、村上春樹の『世界の終りとハードボイルド・ワンダーランド』は、主人公が最後にとどまることを決意した安らぎの世界、「街」について「今の僕自身はこの街に愛着のようなものを感じはじめているんだ」とかれに前置きさせたうえでこんなふうに語らせています。

ここでは誰も傷つけあわないし、争わない。……悪口を言う者もいないし、何かを奪いあうこともない……他人をうらやむこともない。（それで）嘆くものもいないし、悩むものもいない。

否定を通しての相田みつを

「僕」の口を通してそんなふうに語られる理想の世界は、相田みつをがしみじみと訴える世界と一見したところ瓜二つだといえるでしょう。

だが、そこで話を終えてしまえば、村上春樹と相田みつをは寸分も変わらず同じだということになりかねない。

しかし、そうでないことは、第六章さらに本章を通じて「空性論」あるいは「空性論」的世界の構造的な特質をみてきた読者には明らかでしょう。

いまのべた『世界の終りとハードボイルド・ワンダーランド』の「僕」の台詞ですが、それは作品のなかで、「街」への皮肉な観察者であるかれの分身の「影」にむかって語られたものでした。

そしてこれを聞いた「影」は、「そんな世界があるとすれば、それは本当のユートピアだ。俺がそれについて反対する理由はない」と「僕」に認めます。

そのうえでこう反論するのです。

たしかにここの人々は……誰も傷つけあわないし、誰も憎みあわないし、欲望も持たない。みんな充ち足りて、平和に暮している。何故だと思う？　それは心というものを持たないからだよ。……心のない人間ただの歩く幻にすぎない。そんなものを手に入れることにいったいどんな意味があるっていうんだ？……君自身もそんな幻になりたいのか？

これは、ある意味で胸をえぐるような痛切な言葉です。「影」は自分の主人であった「僕」

を心から思いやる気持ちでこの文句を吐いた。ただし、「僕」には「影」にいわれなくてもそんなことは最初からよくわかっていた。わかったうえで、「影」の説得に感謝しつつも、結局のところ「僕」は、みずから「街」(のネガとしての「森」)の住人になることを決意するのです。雪が降りしきるなか、壁の外への「出口」を目前にして。

これは否定を通しての相田みつをとしての村上春樹の特質をおそらく最もよく表す村上作品のなかの一節でしょう。

相田みつをは「本当の安らぎ」が得られる理想郷を肯定形で泥臭く語りました。その理想郷を、村上は否定形を通して洗練された物腰と語り口で語っている。ただし、結局は肯定してしまえば否定はただの身振りで終わります(村上が『世界の終りとハードボイルド・ワンダーランド』の〈世界の終り〉の主人公に「街」にとどまることを決意させたとき、ネガとしての「森」に住むことを宣言させたのも、こうした勝利にも似た敗北の身振りの一つだったといえるでしょう)。

大内義隆は闘争のはかなさを歌いながらみずからの人生の幕をおろしました。

義隆の辞世には、人生訓の臭みはみじんもありません。

そこにはいまはのきわに降って湧いた諦観の感情の吐露があるだけです。

さて、ここに、相田みつをの「縁起十二章」というアフォリズム形式の文章があります。

その第九章に、

相手（縁）がなければケンカもできぬ（カッコ内原文）。『にんげんだもの』

という一文があり、喧嘩相手をさりげなく「縁」と呼びかえたところに相田の仏教的な素養の深さを感じさせられます。

また同じ「縁起十二章」の第三章には、同じく争いの愚について「負けてくれる人のおかげで勝たせてもらう」とあり、こう説かれています。

どっちか負けなければケリがつかぬ
勝つことばかりが人生じゃない　同前

「縁起十二章」は「相田哲学」のエッセンスというべきアフォリズムからなりますが、そのしめくくりはつぎの文章からなっています。

世の中、役に立たぬものは一人もいない。
だから仏典にもあります。
「生きとし生けるもの、一切の存在《もの》は、みんな仏だ」（一切衆生悉有仏性《いっさいしゅじょうしつうぶっしょう》）と。（ルビ、カッコ内、原文）

その通りでしょう。『般若心経』的な世界に素直に帰依する相田みつをの世界とは、大内義隆のたどりついた最後の境地をわれわれの生きる現代日本にふさわしく平和主義の文脈で平たい人生訓に落としたものだ、ということができるでしょう。

古い夢とは文明人の証し

ところで、相田の「縁起十二章」には「おかげさま人生」というサブタイトルがついていました。

討つ者も討たれる者もはじめからいない。なぜなら、どちらも幻にすぎないから——すでにのべたように、これは大内義隆、村上春樹、相田みつをの三人をとらえて離さない「古い夢」でした。

では、こうした「古い夢」は、どうして、ここまで日本でしぶといのか？　人々への吸引力を発揮しつづけるのでしょうか？

結論からいえば、それをもつことこそが文明人の証しだとホンネでは考えられているからだ、と私にはそう思える。

つまり、この考えを受け入れない人間（ときには自分自身もふくめて）をどこかあさましい動物的な存在だと感じているところがある。

明治の開国このかた、多くの日本人が近代の西洋列強のせめぎ合い、文明の名のもとに火花を散らし合う国際社会に「豺狼《さいろう》の社会」を見いだしてその負の側面に過剰に反応（過剰適応もふくめて！）したのもこのことと関係があるように思えます。

ただ、その一方でそうした負の側面を積極的に是正するイニシアチブはとらないし、とったとしてもどこか迫力不足になってしまう。イニシアチブをとる自分自身もまた幻だからです。

日本は一九八〇年代にフランス生まれのポストモダニズム運動を米国につづいて大々的に受容した国の一つになりました。それは、結果的に、この連綿としてつづく仏教的な世界観の予期しない掘り起しを意味した。そしてどうみても難解そうなフランスの「ポストモダン哲学」を当時多くの日本の若者にわかったような気にさせたもの、それもまた、この「世界観」の力だったのではないか――とそんなふうに感じるのは村上春樹文学の仏教的世界観を点検してきた私一人ではないでしょう。

当時日本で大人気だったフランスの思想家にミシェル・フーコーという大物がいます。いまだにフランス現代思想史の教科書では最もページを割かれるスター思想家の一人ですが、このフーコーは「人間は死んだ」という有名な宣言をしたことで知られています。

月刊誌『宝島30』の一九九六年二月号に掲載された無署名のコラム「30s NEWS CHAT」は、フーコーのこの宣言を引きつつ、その日本での受け取られ方をめぐって、「構造主義から唯幻論へ」と題してこんな鋭い分析をくわえています。

『ものぐさ精神分析』の歴史的意味

……人間が死んでしまったならば後に残るのは何かというと、社会という「構造」しかない。そして従来「人間」という名で呼ばれていたものは、それ以後、社会的関係の網の目（リゾーム）の一個の結節点として、理解されるようになる。ざっくばらんに言ってしまえば、「私」などというものはどこにも存在せず、そこにあるのは、社会的関係がある偏差によって束になったものでしかない。つまり構造主義によれば、「私」とは実は「関係」の束でしかなく、「関係」が変わればいくらでも変容するものなのだ。

さらに、社会は「関係」＝差異の集合体であり、「私」すら「関係の束」でしかないとするならば、世界もまた、実体としては存在しないことになる。実体として存在しないということは、幻想だというのと同じことだ。——こうして「唯幻論」を唱える岸田秀の代表作『ものぐさ精神分析』が登場することになる。……

このように「世界」はただの幻想であり、「私」は単なる社会的関係の束であり、「主体」などどこにも存在せず、そんなものは「関係」が変わればいくらでも変わっていく——とするならば、これまでの人生を取り巻いていたすべての価値観が一挙に劇的に変容する。悪い冗談だと思われるかもしれないが、これが「80年安保」体験の核心なのである（カッコ内原文）。

ここでいわれている「80年安保体験」とは、八〇年代後半の「バブル文化」を中心にポストモダン文化をになうことになったこの世代の思想的な原体験をさします。この体験者たちこそが――コラム氏のいう「知的スノッブ」もふくめて――八〇年代ポストモダン文化の主役となったというわけです。

ちなみに、この本（『ものぐさ精神分析』）が「80年安保」世代にあたえた影響は甚大なものがあり、その価値はあまりにも過小評価されている。

右はコラムの文章からのごく一部の引用ですが、私はかねてより『宝島30』一九九六年二月号所収の執筆者不明のこのコラムを、日本の八〇年代ポストモダン文化（「ニューアカデミズム」文化）史の歴史的な評価に関心をもつ研究者にとって必読の隠れた名コラムだと考えてきました。

村上春樹と岸田秀のデビュー時期がほぼ重なることはすでにのべました（正確には、岸田がやや先行しますが）。

岸田思想（「唯幻論」）のポストモダン文化にあたえた影響がコラム氏のいう通り「あまりに過小評価」されている点は、このコラムから書かれてほぼ二十年たったいまも基本的に変わっていません。

ちなみに、「唯幻論」の原物論文は――いちおうフロイトの初歩をかじった人間以外には

——その正確な理解は、おそらくそれへの批判もふくめてむずかしい内容といえるものです。

ただ、「唯幻論」の成功の秘密は、内容そのものよりも、この三文字を耳にしたとたんにだれもがわかったような気になるそのタイトルの秀逸さにあった。

そして「唯幻論」と聞いてたちまち一切をわかった気にさせるもの——それもまた「古い夢」、仏教的世界観の無意識な拘束の力だったのではないか、そう思えてならないのです。

相田みつをの「煩悩即菩提」

相田みつをの作品の特徴は、いうまでもなく、その仏教的な滋味の豊かさにあります。「空性論」によってたつ関係性的な世界観では、「生」は、不断に変容してやまない相互依存からなる関係のシステムの一部になる。『宝島30』のコラム氏の表現を借りれば、社会的諸関係の「束」となるほかなくなる。

『般若心経』に心酔する相田みつをはまた、こんな書ものしています。

おかげさん　　　『生きていてよかった』

これなどは無限の相互依存からなる「生」への洞察を相田ならではの人生訓に落とした、話の核心をずばり射抜く迫力に満ちた作品だといえるでしょう。

われわれ日本人の庶民道徳の基礎はほぼここにあるといっても過言ではない。気分は西洋人の似非《えせ》インテリがどう思おうが、「ニッポンの堅気《かたぎ》」の心意気を凝縮した渾身《こんしん》の一書です。先頃話題になった「マイルドヤンキー」たちの最も良質な層の「侠気《おとこぎ》」のエートス——男と女とを問わず——もほぼこれと重なると見てよいのではないか、とそんな気さえしてくるほどです。

また、相田みつをには「迷い」という面白い文章があります。いうまでもなく仏教でいう「迷い」とは煩悩のことです。相田は「煩悩無尽」というよく知られた仏教の文句を引きながら、それについてこんなふうに書でのべています。

なやみは
つきねんだ
なあ
生きているん
だもの
同前

相田によれば、「煩悩を離れて人間の生活はありません」（同前）。それは「仏道を修行する者」（〃）にとって「日常生活の調度品」（〃）、つまり必需品だというのです。相田は、この必需品としての煩悩を、別の書では「雨や風」にたとえています。そしてそれをもとにこんな書を仕立てあげます。

雨の日には
雨の中を
風の日には
風の中を
同前

これなどは、「煩悩即菩提」の語が本来的にもつ現状肯定感を巧みに「人生の応援」に転化した作品だといえるでしょう。そしてこの書に添えた相田の文章によると、これこそがだれにとっても「あたりまえの生き方」だというのです。

村上春樹の絶妙な綱渡り

相田みつをと村上春樹——私は、現代日本の文化シーンが生んできた才能たちのなかでこの二人ほどスリリングな相互関係を築く天才コンビを知りません。

むろん村上春樹にとって相田（的なるもの）は自分とは正反対の何かでしょう。それは相田みつをの側にとっても同じだったでしょうし、双方のファンたちにとってもそうかもしれない。

しかし、この一見水と油の二人を背中合わせに結びつける「古い夢」、それが示す共通性はこれまでの考察を通じてもはや明らかでしょう。

村上からみれば、相田みつを的なるものの世界は――その表現を借りるならば――「ベタッと迫ってくる」「まつわりついてくるような」水しぶきをはねあげる、まさに自分とは無縁の滝壺です。

一方、相田からみれば、その水しぶきをはるか上空で超然とかわすなんだか平民のような貴族のような（あるいは両方のような）綱渡りが村上春樹の真骨頂になる。

また、滝の崖縁で見守る春樹ファンにとっては、村上のみせるバランシング・バーの絶妙といっていいさばき加減が、快感中枢をくすぐってくれるこたえられないものになるのでしょうし、反対に、相田の支持者たちからすれば、「先生、何気取ってんだか」ということにもなるのでしょう。

悪魔祓いとは、課題なき世界にあえて課題を創り出す手法のことでした。

『風の歌を聴け』でデビューした村上は第二作の『1973年のピンボール』において遊戯のコミットメントを作中人物に課し、課すことでデビュー作にまさるとも劣らない鮮烈な世界を抒情性豊かに描きだしました。やがて遊戯というものがその性質上いだく限界をさとることになった村上は、この世ならぬ魔神たちの息づく世界、「異世界」の導入へと舵を切る。そしてそのコミットメントのあり方を「異世界」を舞台にした悪魔祓いへと進化させてゆきます。

そこに息づく魔神は、「羊」、「街」の完全な住人たち、地下に住む人体実験のマッド・サ

イエンティストと次々と姿を変えつつ、

あえて魔神を呼び出して追い払う

という悪魔祓いの手法のなかでしぶとく生きつづけてゆく。その手法は往きつ戻りつスペクタクル性を増しながら——「あえて」のもたらす人為性のリスクをさまざまに表面化させつつも——村上ワールドのパターンを構築してゆくことになります。

しかし、同時にそれは、そのあまりに見事な手ぎわが意図せず村上にとってのおしゃか様のてのひらのありかを明かしてしまうという予期せぬ結果を招きよせる孤独な戦いでもありました。

では、この村上の戦いはそののちどういう展開をたどることになったでしょうか？

第三部では、第一部、第二部までの議論をふまえて、村上の戦いのその後の転変を主要作品をとりあげつつ、さらに追ってみたいと思います。

第三部

第八章

『ねじまき鳥クロニクル』と『豊饒の海』の間

リアリズム小説への距離

般若経典類とは、くりかえしみてきた通り、「空性論」の母胎となった経典のグループです。

この経典の名は日本では『般若心経』が国民的な人気を得ることで広く知られることになりました。

が、般若経典のグループにはほかにも膨大な数の経典があり、そのうちのいくつかもまた多くの日本人に親しまれてきました。

前章でとりあげた『金剛般若経』もその一つで、これは『般若心経』と同時期かそれ以降に作られた経典だと思われます。

それ以外にも、江戸時代や明治時代のとりわけ大衆的な文学作品を読んでいて般若経典の系統の文句が引用されているのを見出すことは、めずらしくありません。

ところで、この系統の経典にしばしばでてくる警告の文句があります。

それはつぎの文句です。

　そうと知っても、恐怖におちいるな。

ここでいう「そうと知っても」とは、この世のあらゆるものが「空」である、つまり幻影のごときものだと知っても、の意味です。

世界のありとあらゆるものを解体へと追い込む「空」の概念が「そうと知った」人々にしばしばショッキングな印象をあたえがちであることは、昔もいまも変わりません。

そして、般若経典類のそこかしこに顔をみせるこの警告の文句こそが、『世界の終りとハードボイルド・ワンダーランド』の完成後の村上作品の新しい流れを理解するうえでの大切な鍵となります。

一般に村上春樹の作品をあつかった本などを読んでいますと、デビュー作である『風の歌を聴け』と第二作の『１９７３年のピンボール』、およびそれにつづく『羊をめぐる冒険』の三作品を初期三部作としてまとめる傾向があることがわかります。

後の二作品が『風の歌を聴け』の後日談を内容としており、〈鼠〉など登場人物も共通しているということも理由の一つとしてあげられるようです。

しかしながら、私は、右の三作品に第四作目の『世界の終りとハードボイルド・ワンダーランド』が加わったところで村上の初期四部作が完成したのだと思います。

なぜなら、この四番目の作品によって処女小説『風の歌を聴け』以来の世界が深められ、ハルキ・ムラカミの世界がいわば観念的に整理される形で総括されることになったと考えるからです。

ちなみに村上の代表作の一つと目される『ねじまき鳥クロニクル』(一九九五)は、第二章でふれた米国における滞在生活を経て、『世界の終りとハードボイルド・ワンダーランド』の十年後にまとめられたものですが、村上はそのまえに『ノルウェイの森』(一九八七)というだれもが知る大ベストセラーを書いています。

ただ、本書の冒頭でもふれたように、これは「異世界」を登場させなかったという点で、『羊をめぐる冒険』以降の村上作品の流れのなかではいわば「傍流」に属するものです(実際、『ノルウェイの森』のあと村上は現在までに八つの長編を発表していますが、最後の一作を除いてすべて異世界——ほとんどはパラレル・ワールド——を真正面からあつかったファンタジックな作品です)。

『ノルウェイの森』は、いわゆる現実の世界の描写を離れないリアリズム小説と呼ばれるタイプの作品だったわけですが、当の村上自身も——「はじめに」で紹介した通り、——『ノルウェイの森』を書き終えたとき「(リアリズムの小説は)もう十分だと思いました」「これは僕が本当に書きたいタイプの小説ではないと思った」(『考える人』二〇一〇年夏号)とあとでふりかえっているほどです。

「出口のない路地」の古井戸

要するに、村上が「自分らしさ」を最も発揮しやすいと感じたのは、「異世界」についてファンタジーの要素を加味しながら語る小説でした。

すでにみたような悪魔祓いの手法を得意として駆使する作家とすれば、そのこと自体は不思議ではないでしょう。

異世界こそは追い払うに値する「魔神的なもの」たちのうごめく棲みか、卓越した悪魔祓い師・村上が存分に腕をふるえる場を提供してくれるまたとない舞台だからです。

ところで、本章のメインテーマとなる『ねじまき鳥クロニクル』ですが、この作品には村上が異世界を示唆するたとえに好んで用いる「井戸」が、人間の深層意識を象徴する装置として登場することになります。

『ねじまき鳥クロニクル』は多くの脇役が活躍し、しかもたがいに入り組んだ関係をもつ作品であるため、内容を短いスペースで要約するのはむずかしいのですが、ここでは主人公と問題の井戸との関係に焦点をあてながらあらすじのポイントだけのべることにしましょう。

主人公の「僕」は三十歳の法律事務所の元アシスタント。いまは失業して、妻で雑誌編集者であるクミコと世田谷の借家に住んでいる。

「ねじまき鳥」は近所の木立でねじを巻くようにギイイイッと鳴く正体不明の鳥のこと。だれも目にしたことのない鳥だが、クミコがあるときその不思議な声にちなんでこう名づけ、いつしか「僕」のあだ名となっていた。

物語は、ある日、そんな夫婦の飼い猫が失踪し、暇をもてあましている「僕」がクミコから「ちょっと近所を探してみてくれない？　いなくなってもう一週間以上になるのよ」と探索を頼まれるところから始まる。

クミコが猫はたぶん近所の出口のない路地に面した古井戸のある空き家の庭に隠れているのじゃないかというのを耳にして、「僕」はさっそくでかけてみた。井戸はあったが、その庭に肝心の猫の姿はなかった。


やれやれ猫探しか、と僕は思った。……しかし結局僕はクミコのために猫を探しにいくことになるだろう。どうせ他にやることもないのだ。

我は彼なり、彼は我なり

それなりに近所の心当たりの場所を当たってみたものの、猫の行方は杳《よう》として知れないままに時間はずるずると過ぎていった。

そんなある日、「僕」は、クミコの兄の綿谷ノボルの口利きで彼女が猫探しを依頼したという霊能者の加納マルタと出会うことになった。

綿谷ノボルは著名な経済学者で、かつて満州で暗躍した軍事官僚出身の政治家である伯父の地盤を継いで政界出馬をうかがう冷徹な野心家。「僕」とは初めから波長が合わなかったが、ソリが合わないと感じるのはむこうも同じようだった。

ホテルのコーヒー・ルームで対面した加納マルタは、「僕」と向かい合うなり、自分はわれわれの体の根本的な組成分である水の研究者だと奇妙な自己紹介をした。地中海のマルタ島の山の中にある霊験あらたかな聖なる泉で三年ほど修行してきたという。

彼女は「僕」の周囲で「流れ」が変わったこと、猫の失踪という突発事故はそれと関わっていること、この事件をきっかけに「僕」の身に色々なことがおきるだろうという思わせぶりな予言を口にして「僕」を面くらわせた。「僕」はこのとき親しい友人である本田老人が口にしたいつかの言葉を思い出した。

本田老人は、ノモンハン事件（一九三九）の生き残りの経歴をもつ占い師。ひとりごとのように他人の人生を透視してみせる不思議な存在感の持ち主だった。

本田はある日、訪問した「僕」にむかって、「僕」の本性が地上の世界の秩序を超えた異世界、仮に哲学的に表現すれば、

我は彼なり、彼は我なり

という一元論的と呼ぶしかない世界に属していること、いまその「僕」にまつわる世界の「流れ」が滞《とどこお》り始めていること、そんなわけでとにかく水には気をつけねばならないこと、もし万一のときは「いちばん深い井戸をみつけて」その底に降りるように、と親切に警告してくれたのだ。

そういえば、妻のクミコもまた、「あなたの中には深い井戸みたいなのが開いている」と「僕」にむかっていったことがあった。が、「僕」にはそれが何を意味するのか、正確なところはわからなかった。

それから一週間ほど過ぎた頃、本田老人の言葉を裏付けるように思わぬ事件がもちあがる。

加納マルタの妹のクレタが、突然「僕」の家に押しかけてきて、この家の水を採取したいと申し出たのだ。

クレタは聞かれもしないのに、自分が過去にしでかした自殺未遂事件や、以前娼婦をしていたことについて「僕」に告げて驚かせた。

「僕」の体を異変がおとずれたのはその翌日のことだった。

その日、近くの区営プールから帰った「僕」は、水の記憶の刺激のなかでかつて経験したことのない異様な睡魔に襲われた。夢のなかで「どこかに呑み込まれていく」不気味に生々しい性的な感覚を味わううちに、加納クレタとどこかのホテルの一室で交わる自分がいた。目が覚めてみると、「僕」は下着が現実の精液ですっかり汚されていることに気がついた。

「壁抜け」と頬のあざ

そうこうするうちに、やがて、クミコが「僕」の前から前ぶれもなくふいと姿を消し、そのまま行方不明となってしまう。

このようにして seek and find の対象は、猫からいつのまにか主人公の妻に変わり、それとともに物語は紛糾の度合いを高めてゆく。

そしてある日、家でシャワーを浴びていた「僕」をまたあの「暴力的と言ってもいいくらい激しい」睡魔が降ってわいたようにおとずれる。そこでみた夢、そのなかにはやはり以前と同じホテルの一室が登場し、同じように加納クレタが入ってきて、「僕」はふたたび彼女と交わることになった。夢と現実はいまや「僕」の周囲でみるみる境を蒸発させようとしていた。

その二日後、またもや家にあらわれた加納クレタは、なぜか「僕」のみた夢のことを知っており、自分は夢のなかであなたと二度交わったといって「僕」を驚かせた。

いったいどこまでが現実で、どこからが現実ではないのか……ふたつの領域を隔てていた壁がだんだん溶け始めている。少なくとも僕の記憶の中では、現実と非現実とがほとんど同じ重みと鮮明さを持って同居しているようだった。

その後、「僕」は、加納クレタから、自分に浄化による救済としてのセックスをほどこしてほしいと求められる。それやこれやで気がつくと「僕」は、こんどは「現実のクレタ」と寝ることになった。「僕」は得体の知れぬ恐怖に襲われ始めた。

加納クレタと交わるのは、なんだか夢の延長のように感じられた。……それは本物の現実だった。……現実が少しずつ現実からずれて、離れていくのだ。

このあと本田老人のいつかの言葉を思い出した「僕」は、猫探しのおりに偶然見つけたあの空き家の庭の井戸、「深い井戸」の水の涸《か》れた底にもぐりこむ。クミコの行方を求めて、おとずれた眠りとともに井戸の壁を抜けた「僕」はそこで、自分をとらえた悪夢の世界で必死に妻を探し回る自分自身の姿を見いだす。その後夢から現実の世界へもどろうと壁抜けした「僕」は、そのとき右の頬に激しい熱さを感じた。目が覚めると、右頬のその場所にあざができているのを発見した。

「僕」はいまや夢と現実が同次元に存在する世界に呼吸し始めている自分に気づく。「僕」にとって現実はもはやもう一つの夢にほかならず、夢はもう一つの現実になり果てていた。

敵をバットでめった打ちする

『ねじまき鳥クロニクル』の物語は最後に、この小説で「魔神」——『羊をめぐる冒険』の「羊」、『世界の終りとハードボイルド・ワンダーランド』の「博士」(マッド・サイエンティスト)につづく——の役目を演じる綿谷ノボルの正体を明かすことになる。

この綿谷ノボルこそは、レイプまがいの暴力を通じて、関わった相手の深層意識をこじあけ、そこに潜む悪の種を現実化する奇怪な能力をふるう怪人——戦前の軍部の大陸侵略の闇の記憶につながる歴史的な暴力の現代における相続人だった。クミコの姉はその暴力の犠牲となる憂き目にあい、自殺をとげていたのだ。

綿谷ノボルは、以前娼婦稼業をしていた頃の加納クレタも同じやり方で汚していた。のみならず、ノボルは、クミコを死んだ姉の後釜にすえようと狙い、それがクミコの失踪の引き金となっていたのだ。

そしてこの野心家は政治家としていまや不特定多数の人々の深層意識を刺激することで大衆に潜在する暴力のエネルギーを思うままに引き出し、利用する陰謀事業に着手しようとしている。

それは日本の社会の中核に歴史的暴力の流れを解放し、現実化するという大いなる悪魔的なくわだての始まりだった。

ふたたび井戸の底にもぐった「僕」は、尋常じゃない決意を胸に、夢の世界へと壁を抜ける。暗闇の向こうから襲ってきた綿谷ノボルの頭を「僕」はふりかざしたバットでめった打ちした。


男は奇妙な短い声を上げて勢いよく床に倒れた。彼はそこに横たわって少し喉を鳴らしていたが、やがてそれも静まった。僕は目をつぶり、何も考えず、その音のあたりにとどめの一撃を加えた。

……あたりに嫌な臭いが漂っている。それは脳味噌の臭いであり、暴力の臭いであり、死の臭いだった。

やがて「僕」が目を覚ましてみると、ふたたび以前いた現実の世界にもどっており、そこでは選挙遊説中の綿谷ノボルが再起不能の脳溢血《いっけつ》の発作をおこして病院にかつぎこまれていた。

そのとき、クミコが病院で綿谷ノボルの生命維持装置のプラグを外して殺し、捕まったというニュースが「僕」の耳に飛びこんできた。

『豊饒の海』と同じ唯識論

以上が『ねじまき鳥クロニクル』のあらすじですが、どうでしょうか。

村上が『世界の終りとハードボイルド・ワンダーランド』で「空性論」的な世界観を全面的に受け入れたことは第五章と第六章で、また、そうならざるを得なかった理由については第七章でくわしくみた通りです。

問題は、その後の村上がでは十年という時間を経て、あらためて「空性論」にどのようなスタンスをとろうとしたかですが、それを考えるときここでわれわれに思わぬ光を投げかけてくれるのがインド仏教の歴史です。そこでは『世界の終りとハードボイルド・ワンダーランド』との対比が重要になりますが、その対比のなかで問題への答えを明らかにしてくれるのが、唯識《ゆいしき》派という「空性論」を発展させたインド仏教の学派です。

[インド仏教思想の流れ]

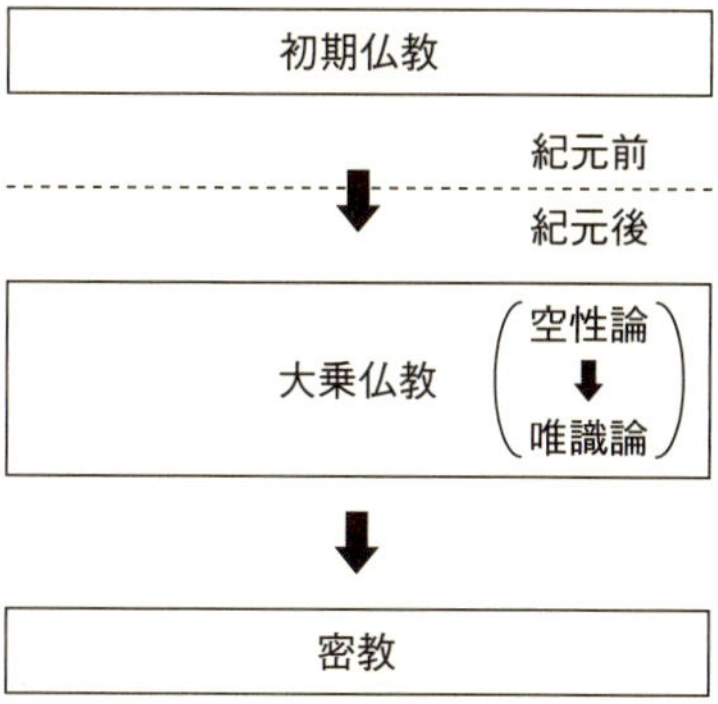

これは、三島由紀夫の愛読者の皆さんにはたぶん馴染みの深い学派の名でしょう。三島の遺作となった全四巻の大作『豊饒の海』はまさにこの学派の世界観、唯識思想をモチーフにすえたことで知られる小説でした。

ここで結論から先にいえば、『ねじまき鳥クロニクル』は『世界の終りとハードボイルド・ワンダーランド』で「空性論」に依拠した村上がこんどは「空性論」の発展形態である唯識思想を大幅に下敷きにして書きあげた小説です。

大幅と書きましたが、その活用の仕方は本当に徹底的なもので、さすがの三島もこれほど露骨というかナマの形で唯識思想の代表的な理論的小道具のいくつかを拝借はしていない。

村上春樹が以前からインタビューなどで三島への嫌悪を公言している点を考えると、これは、いささか皮肉な話だといえるかもしれません。

唯識派とは、いまのべた通り、「空性論」の台頭をうけて成立したインド仏教の学派の一つでしたが、基本的には「空性論」に立ちながら、他のどの学派よりも夢と現実の同次元を情熱的に強調する学派だったことで知られています。

その際に、この学派の理論書がこれぞ夢と現実の同次元性の根拠であるとしてかかげて有名になったものがあります。つぎの二つがそれです。

①夢のなかで性交しても、現実に精液が漏れる。
②夢のなかで熱さを感じても、現実に熱さを感じる。

さて、『ねじまき鳥クロニクル』の主人公は、現実と夢とを隔てる壁――近所の空き家に掘られていた古井戸の底の壁――が「溶け始め」るなかで「ふたつの領域」を自由に行き来する。そして夢と現実との境界感のリアルすぎる消失体験を味わうことになります。

そのとき、夢と現実の二分法の崩壊、等価性の「証拠」として村上がもちだしたのが、一つは主人公を襲った夢精（夢の性交の後の「汚れた下着」）であり、もう一つは夢のなかの熱さの現実（「頬のあざ」）への転化でした。

それだけではありません。

「唯識」とは、すぐあとでのべるように、「ただ識があるのみ」という意味ですが、これは人間の自己の根源にひそむ深層意識のための「井戸」（貯蔵庫）の存在を論理的な前提として認める考えからうまれた言葉です。

唯識論によれば、この井戸のなかには、一瞬も休むことなく流れつづける意識の流れ（「瀑流《ぼる》」）が「善」と「悪」の種子のせめぎ合いのうちに活動しているというのです。

アラヤ識という「瀑流」

ちなみにここでいう種子（bija。サンスクリット語）は、文字通り、植物の実のなかにある種のたとえとして用いられています。

唯識哲学の大家の横山紘一は、仏教がこうした考え方をとりいれた背景として、そこには「仏教の根本思想の一つに業《ごう》思想がある。『現在の状態は過去の業（具体的な行為）の結果であり、現在の業は未来の状態を決定する』という考えである。……自己存在の業相続をこの植物の自然現象になぞらえて、行為の潜在的影響力を〈種子〉ということばで呼ぶようになったのだろう」（『唯識思想入門』）と推測しています。

ここでもう一度「唯識」の意味にもどりますが、これはその字が示す通りのもの、すなわち、「現実世界である」とわれわれが思っているものはただ（「唯」）心（「識」）が生み出したものにすぎないという考えを表した言葉です。

それは、「三界は虚妄《こもう》にして但《た》だ是《こ》れ心の作なり」（『十地経《じゅうじ》』）という古くから仏教にあった唯心論をもとにしながら、それを哲学的に洗練させ体系化した教えでした。

唯識学派ではこの心の深層に流れる意識を「アラヤ識」と呼びます。

またその際に、深層意識の流動性を示す「瀑流」とは、「善」の光と「悪」の闇とが激しく交錯しつづける場所をいう言葉でもあります。

種子とはここではこのアラヤ識に人間の生の証しであるあらゆる行為（「業」）が植えつけ

る「善」と「悪」の潜在的なエネルギーをさしています。

『ねじまき鳥クロニクル』の奇怪きわまる魔神、綿谷ノボルはそのアラヤ識の「瀑流」に潜む悪の能力を引っ張り出す力をもつモンスターとして描かれています。

第七章でも文章を引用した仏教学者の中村元は、この唯識論をあつかった著書のなかでアラヤ識を、本田老人と同じように、

〈われ〉と〈かれ〉の区別がない超個人的意識　　『大乗仏教の思想』

と表現しています。

すでにあらすじのところでのべた話ですが、この表現を用いた本田老人は、主人公の「本質」すなわち根源がこの意識にあることを示唆し、「万一の時」はそこに降りて事態の打開を図るよう主人公の「僕」に警告しました。

「僕」は本田の言葉通りにみずからすすんで〈われ〉と〈かれ〉のない「瀑流」の底にもぐりこみ、最後に「魔神」を倒す、それにより世界のねじを巻くコミットメントにでるわけです。

霊的な能力をもつ加納姉妹――どこかで聞いたような気がする名ですが――の一人のクレタは、綿谷ノボルとは対立する立場にあるこの「僕」が秘めた力、すなわち関わった相手の善のエネルギーを引き出す能力を見ぬく。そこでクレタは、かつて綿谷によって自分の深層

（「瀑流」）から暴力を引き出されて「汚された」自身の浄化を「僕」に依頼するわけです。もちろんそれは二人の性交という、いかにも小説的な、あり得ないほど皮肉なやり方をとる浄化だったわけですが。

唯識論は空性論への歯止め

唯識学派は仏教史的にみると紀元三、四世紀頃インドに誕生した大乗仏教の学派の一つです。世親という漢訳名をもつ、中観派のナーガールジュナと並ぶ超大物のヴァスバンドゥ（五世紀頃）がその理論を大成し、その後の隆盛の基礎をつくることになりました。

前々節で、私は、唯識論は空性論の発展形態だと書きました。

ただし、この点についてはいま少し説明を加えておく必要があるかもしれません。

発展という言葉を使いましたが、それは正確にいえば「空」思想に対する牽制、「空」のもたらすあまりの底抜けぶりに問題意識をもった人々が生み出すことになった実践上の歯止めの試みを意味したからです。

むろん、同じ問題意識といっても、現代のわれわれが一般にもつそれと、千七百年も前のインド人のもったそれとが大きく違っていたことはいうまでもありません。

一言でいえば、かれらの問題意識はわれわれにくらべてはるかに切実、文字通り恐怖と呼ぶべきものだった。

それは「空」が引き出す結論への怖れ、「自己が空だというならば、輪廻はどうなるのか？　輪廻の主体が消えてなくなるではないか」というインド人にとってはとびきり現実的な恐怖の思いでした。

実際、「自己」がなければ「輪廻」は始まりようもありません。そう、アラヤ識とは、じつはこうして「空」の生みだす底抜けに直面した人々が苦心のすえにひねりだした、輪廻を可能にする「自己」の代用物、輪廻の主体だったのです。

たとえば大内義隆がその詩を辞世に用いた『金剛般若経』の一節には、

　この経の教えが説かれるとき、驚かず、おののかず、恐怖におちいらない人々はこのうえなくすばらしい人間だ。

と強調されるように書かれています。ということは、一切は「空」なりと聞いてパニックに襲われたいわゆる「凡人」が当時のインドにたくさんいたことを逆にしめしている。

また、「空」の哲学を熱心に説くことで知られる前出の大乗経典『迦葉品《かしょうぼん》』は、ブッダの言葉を引用してつぎのように語ることで、凡人たちを叱責しています。

　ブッダはこう言われた。
　「人々が空性に恐れおののくとき、私はかれらを大変な狂乱者と呼ぼう」
　それに関連して、ブッダの教えを説くつぎの貴い詩がある。

〈たとえば、空性を恐れて苦悶する阿呆が「この空虚をどこかへやってくれ」と言って泣き叫ぶ。そんなことは不可能にもかかわらず、阿呆なためにこれら凡人はそう泣き叫ぶ〉

ただ、古代インドにはかぎりません、世の中はいつの時代もどこの国も東西南北凡人だらけ、凡人の山でできあがっているのです。それはわれわれの周囲をながめ、また我が身をつらつらかえりみればだれの目にも明らかでしょう。

唯識学派とはまさに「この空虚をどこかへやってくれ」と泣き叫ぶ普通の人々を念頭に、その魂を鎮めることに意を用いた学派でした。

心理学と形而上学の混同

この意味で、唯識の理論とは、「空性論」の「暴走」の抑止という狙いを以てインドの歴史的文化が求めた、あの国ならではの保守的な修正理論だったといえるかもしれません。まえに『ねじまき鳥クロニクル』のあらすじを紹介した際に、綿谷ノボルについて現代における歴史的暴力の体現者であると書きました。

輪廻思想自体はインド特有のものではありません。古代エジプトや古代ギリシアにも同様の思想はみられました。ただ、インドの場合にかぎっていえば、そこでの輪廻は当初は農耕民族がもつごく単純な生命の移転、素朴な連続の感覚から出発した思想でした。それが古代インド社会の文化の高度化とともに「因果応報思想」と合体することで強力な「善悪の相続」の別名に生まれ変わることになった。

またそうなることで初めて輪廻はインド文化圏において歴史的に最も安定した道徳の一大根拠になったわけです。たとえばチベットはヒマラヤ以北でインド仏教の血を最も純粋に受け継いだ国として知られていますが、いまでも来日したチベット密教の僧侶は、「輪廻を認めずに道徳がもつのか？」と日本の仏教関係者に真顔でたずねてくるそうです。

こうした質問をうけた日本人のなかには答えに窮する人もいるらしい。私ならば、「相田みつをの本を読め」とあっさり答えたいところですが。

唯識論は、俗に「唯識三年、倶舎《くしゃ》八年」という言葉がある通り、完全な修得には日々研鑽を積んですら十一年はかかるほど難解なものだとされます（なお、ここにいう「倶舎」とはさきほどのヴァスバンドゥの思想的出発点となった著作の『倶舎論』をさします）。

と同時に、夢のなかの熱さや射精のたとえによる「論証」に見られるある種の幼稚さ——もちろん現在の哲学的論証の基準からみての、ですが——をも混在させていることはどうやら否定できそうにありません。

インド哲学者の定方晟《さだかたあきら》などは、「空」思想をあつかったその著書『空と無我』のなかでわざわざ「唯識思想の誤謬《ごびゅう》」という章をもうけ、これら唯識学派の夢を用いた論証法をくわしく紹介したあげく、それをあっさりと「児戯に類する」と切って捨てているほどです。

また、インド人哲学者のＳ・ラーダークリシュナン——「現代のトマス・アキナス」と呼ばれた哲人で一九六〇年代にインドの第三代大統領をつとめた――もその名著として名高い『インド仏教思想史』のなかで唯識学説のこの論証法をとりあげ、やはり定方のいう「児戯」の面に着目して、「心理学的観点と形而上学的観点とを混同し、粗雑な唯心論に賛同したといわざるを得ない」と評している。

アラヤ識は一部の研究者の間ではしばしばフロイトのいう無意識、あるいは超自我や「エス」の仏教における該当物だとされます。ただし、先にあげた横山紘一は、フロイトやユングのいう無意識は「患者の言動を通して……臨床的に推測した結果として唱えられた」ものだが、一方のアラヤ識の方は、仏教の行者たちが自身の瞑想という行為を通じて「心の奥底に沈潜して自ら発見した」もので、両者はその把握方法の点で明らかに異なるものだとしています（『阿頼耶識の発見』）。

この指摘は東西の学問的な概念の安易な同一視に警鐘を鳴らすものですが、同時にアラヤ識自体の理解としても的確なものだといえるでしょう。

仏教にいう「法」とは「もののあり方」をさします。僧侶たちは修行を通じてこの「もののあり方」を把握しようとつとめるわけですが、ここでの修行とは具体的には日々の瞑想を意味します。

仏教の「もののあり方」（＝法）の把握はつねに瞑想による発見という手続きを離れません。それはもともとフロイト的なアプローチにもとづく対象把握とはある意味で対極に属するものです。

アラヤ識を、僧侶の瞑想と科学的観察の相違を無視してフロイトらのいう無意識と単純に同一視することには、やはり無理があるようです。

いずれにせよ、インド唯識論はヴァスバンドゥの諸著作で整備、確立され、アラヤ識は人間の意識の奥底に潜む輪廻の主体としてあらためて措定されることになりました。

すでにふれた通り、三島由紀夫の畢生の大作『豊饒の海』はモチーフに唯識思想を用いました。

三島自身の発言もふくめて、色々読むとどうやらかなり短期間の猛勉強にもとづくものだったようですが、第三巻の『暁の寺』に記された唯識理論の要約の一節はそのことが信じられないほど見事なものです。

三島はそのなかでヴァスバンドゥの「恒に転ずること瀑流のごとし」という輪廻にまつわる言葉を引いています。

『ねじまき鳥クロニクル』で村上が使った夢の二つのたとえもまたヴァスバンドゥの著作にでてくるものです。かれの著作は明治以後近代仏教学の水準に見合った厳密な邦訳本がだされ、戦前以来の学者たちによる研究書も書店で手に入りましたから、三島も当然知っていたでしょう。

アラヤ識の底にもぐりこむ

三島の最後の小説『豊饒の海』は、『春の雪』『奔馬』『暁の寺』『天人五衰』の四巻仕立てからなる作品です。

最終巻である『天人五衰』は元裁判官の主人公の最晩年を描く物語にあてられています。そのなかでとりわけ有名になったのはそのラスト、主人公が奈良の尼寺に、かれの亡くなった親友の恋人だったかつての伯爵の令嬢でいまは尼として余生を送る女性を訪ねる場面です。

そこで主人公は、いままでの八十一年の人生で見聞きした出来事のすべてが自分の心が作り出したただの幻影にすぎなかったことを六十年ぶりに再会した老尼から示唆されて愕然とすることになる。

ただ、三島が巧みだったのは、唯識論のもついわば最も「深遠な」部分のみを『暁の寺』で手際よく十ページ余りを割いてまとめたあとは——それらしきことをちりばめつつも——実質的に一気に第四巻『天人五衰』の末尾の有名な老尼のどんでん返しの唯心論的な一言「それも心々《こころごころ》ですさかい」にもっていったことです（この最後のどんでん返しは、『世界の終りとハードボイルド・ワンダーランド』の末尾のうっちゃりに酷似しています）。

こうした処理の結果、『豊饒の海』全四巻は見かけ上理論的な破綻のない整然とした作品に仕上がることができた。

一方、村上の場合はというと、唯識理論で最も「粗雑な」論証をそれも二つも作品の柱として具体的に活用したため、その大紛糾をまるごと作品に持ちこむ結果になってしまった。『豊饒の海』が描く「非現実（夢）」と「現実」の世界にせよ、仔細にながめてみれば整合性の欠如においてじつのところ大して差はないのですが、アラをアラと感じさせません。

要するに、村上は元々問題のあった論証を二つまで物語化の文脈で血肉化したうえ、主人公をこんどは弾を撃つシェーンとしてアラヤ識にもぐりこませるといういかにものコミットメントをさせたため、話を一層支離滅裂なものにさせてしまったのです（ただし、この支離滅裂ぶりは、あとで『1Q84』のところでものべるように、この場合、むしろ小説的な面白さとして積極的に評価すべきものです）。『豊饒の海』とは水のない月面の砂漠のことです。『ねじまき鳥クロニクル』にはモンゴル地方の砂漠に掘られた井戸が登場します。小説の最後近くに、主人公が涸れ井戸に突然湧きだした水のなかであやうく溺《おぼ》れかかる滑稽な場面がでてきますが、この小説を発売当時読んだとき私は、作者は『豊饒の海』のパロディを意図したのかと一瞬疑ったほどでした。

インド仏教史をなぞる

さきほど「空」のもつ底抜けぶりに古代インドの人々が問題を感じたことをのべたおりに、唯識思想はこの空性論への問題意識から「輪廻の主体」をひねりだすことを意図した、と書きました。

じつは、歴史的にいうと、これはインド仏教のいわゆる「ヒンドゥー教化」と呼ばれる現象の表れの一つとして考えることができます。

仏教は、インドの主流派の宗教として農村地帯に基盤をもつヒンドゥー教に対する異端として誕生した都市の宗教でした。

ブッダの死をへて、残された弟子たちの活発な布教活動を通じて急速に信者をふやし、一時は大いに勢力をふるった仏教でしたが、やがてローマ帝国との貿易の途絶による都市の衰退のなかで巻き返しにでたヒンドゥー教の攻勢をまえに受け身に回ると、四世紀頃から逆にヒンドゥー教的要素を取りこむことで劣勢の挽回を図ろうとします。

たとえば、第七章で紹介した相田みつをが書いた「縁起十二章」のアフォリズムのなかに「一切《いっさい》衆生《しゅじょう》悉《しつ》有《う》仏性《ぶっしょう》」という有名な文句があったのをおぼえておられるでしょうか。

この文句にいう「仏性」とは「万人が備えもつ仏になる可能性」のことですが、これも、その可能性自体が実体的にとらえられるかぎりは、「空性論」のもたらす「行き過ぎ」の可能性の是正、「ヒンドゥー教的なもの」への妥協の一環として歴史的には登場した概念でした。そして日本仏教もまた、中国仏教と同様、この概念を全面的に受け入れる形で発展することになります。

また、「仏性論」にかぎりません。「空性論」は現実／夢の二項対立を廃棄し、一切の存在するものを「実体のない夢」（『１９７３年のピンボール』）とみなします。ただ、その際の二項対立の廃棄はのちに、これも「空性論」への歯止めの必要性の認識から、インド仏教史の展開のなかでもう一つ別のやり方を生む。それは、一切をいわば「実体のある夢」としてとらえるやり方です。これを採用したのが七世紀頃を中心にインドに本格的に成立した密教でした。

密教は日本では平安時代の初めに空海（七七四〜八三五）によって精力的に導入されることになりますが、ただし、この現実／夢を実体化の方向で廃棄する発想の原型は「梵《ぼん》我《が》一《いち》如《によ》」といって、ブッダの生まれる以前、ウパニシャッド時代のインドにすでにあったものです。

ヒンドゥー教はその長い歴史のなかでさまざまに分派しますが、それらの哲学の多くがこのウパニシャッド的で実体主義的な一元論を下敷きにさまざまな変奏をかなでてきたということができます。

この形の一元論の流れのなかでは、もはや「空」による「現実」と「夢」の二項対立の廃棄は最終的に乗り越えられる。

どちらもが実体とされ、これを文学者がSFに応用してしまえば、文字通り「現実のパラレル・ワールド」を擬似科学風に支える哲学的な世界観となる。村上の『1Q84』（二〇一〇）で実質的に語られるのがこの世界観です。それは「ゼロ」ならぬ「一なるもの」の実体主義的一元論、汎神論の世界です。

歴史的には、初期仏教によるブッダの教えの精緻きわまる体系化をうけて、それを批判する形で、大乗仏教の「空性論」→「唯識論」→本格的な「密教」の順番に理論が成立してゆくことになりました。

最後の密教が成立した七世紀頃といえば、日本に仏教が最初に輸入されたあとのことですが、この密教の最終的な誕生によりインド仏教のヒンドゥー教化の流れは完成されることになります。

『世界の終りとハードボイルド・ワンダーランド』（一九八五）に至って村上流の空性論は内容的にみてほとんどピークといえるレヴェルに達しました。村上作品はそれ以後、『ねじまき鳥クロニクル』（一九九五）において、そうしたインド仏教史の流れを意図せずそのままなぞったのちに、『色彩を持たない多崎つくると、彼の巡礼の年』（二〇一三）でこんどはふたたびぐるりと戻って初期仏教の原点へ立ち返るというまことに面白い動きをみせます。

その世にも鮮やかな先祖返りは村上文学が『世界の終りとハードボイルド・ワンダーランド』以降にみせた、仏教的観点からは最もきわだったもう一つの動きにもなります。

しかし、話が先にすすみすぎたようです。『1Q84』（二〇一〇）以後の作品は、それぞれの該当の章にゆだねることにして、ここではまず順番として、『1Q84』のまえに発表された、『ねじまき鳥クロニクル』と並ぶ村上の代表作とされる『海辺のカフカ』をとりあげておきたいと思います。

第九章

『海辺のカフカ』——鏡の世界のゴーストたち

ゴーストたちの饗宴

文学史であれ一人の作家の作品史であれ、すっきりとした一直線の軌跡を描くことなど現実にはまずありません。

たとえ描く意図があったところで、実際には往きつ戻りつ、予想のつかないジグザグのコースをたどるのが普通であることは自然な話でしょう。

前章の最後のところで、村上が『世界の終りとハードボイルド・ワンダーランド』の出版ののち、インド仏教史の流れを結果的になぞる形で作品を発表したと書きましたが、むろんこれにしても、仔細にながめれば一直線に進行したわけではありません。それどころか文字通り紆余曲折を経たものになった。

『海辺のカフカ』は『ねじまき鳥クロニクル』の完成の七年後、二〇〇二年に発表された長編小説です。

そこでは村上が『ねじまき鳥クロニクル』でみせた唯識的な世界観への固着はいったん弱

められており、エッセイ「回転木馬のデッド・ヒート」によって総括された『世界の終りとハードボイルド・ワンダーランド』的な唯名論の世界に立ち返ったと見ることのできる作品です。

実際、『海辺のカフカ』は、登場人物一つとってみても、『世界の終りとハードボイルド・ワンダーランド』のうちのとりわけ〈世界の終り〉のパートの雰囲気を引き継いでいます。そこでは「いるかのような、いないかのような」人物たち、いわばゴーストたちの饗宴を思わせる雰囲気をかもしだす作品になっていることに気づきます。

ただし、その一方では、夢のなかの殺人の証し（「Tシャツに付いた血糊」）や夢精といった唯識論的な小道具はでてきますし、「僕らが自我や意識と名づけているものは、氷山と同じように、その大部分を闇の領域に沈めている」といった登場人物による深層意識への言及もあるにはあります。

だが、そうではありながら、深層意識自体に主人公が身を沈めるといった——私が前章で「いかにものコミットメント」と呼んだ——『ねじまき鳥クロニクル』に見られた唯識的発想それ自体の大々的なとりいれは回避されている。そしてそのぶん、唯識論の下地に横たわる「空性論」的な唯名論が浮きでてくるという結果になっています。

田村カフカは主人公である「僕」の名前です。

「僕」は、十五歳の誕生日に、彫刻家の父と二人で暮らす東京の家から、逃げだした。

「僕」には生まれたとき六歳上の姉がいたが、母親は「僕」が四つの年にこの姉だけを連れて家をでて以来、行方知れずになっていた。

「僕」は長距離バスをたった一人で乗り継いで、四国の高松にたどりつく。途中、バスのなかで出会った、ちょうど姉と同じ年頃と思われる「さくら」という名の女性に不思議な親しみをおぼえた。

さくらは、自分には「きみと同じくらいの年頃の弟」がいるが、事情があって長い間会っていないのだと「僕」に語った。

「ひょっとして彼女が僕のお姉さんではないかという疑いが、僕の中に生まれる。……彼女には僕と同じくらいの年頃の弟がいるけれど長く会っていない。その弟が僕であってもおかしくはないはずだ」——そんな疑惑にとらわれながらもさくらと別れて高松でホテル住まいを始めた「僕」は、あるとき足を運んだ小さな私立図書館で司書の大島や館長をつとめる佐伯さんと知り合う。佐伯さんは「僕」の母親と同年齢の女性で——あとでわかったことだが——長い不在のあとでこの故郷である高松にもどっていた。また、彼女にはなぜか影が半分くらいしかなかった。

カフカの父の怖るべき予言

そんなある日、一つの事件が「僕」を見舞うことになる。その五月二十八日、いつものように昼間大島たちと図書館で穏やかな時を過ごした「僕」は、夕暮れ時の高松の街で突然記憶を失う。気がつくと近くの神社の境内に倒れている自分を見出した。肩のあたりに何かとぶつかったらしい痛みが残っており、着ていたTシャツを赤黒い血糊が汚していた。

その二日後、「僕」はあらためて一つの驚くべきニュースに接することになった。それは問題の二十八日の夕方、「僕」が気を失っていたちょうど同じ時刻に東京の自宅で父が何者かにナイフで刺されて殺されたというニュースだった。

「僕は夢をとおして父を殺したかもしれない。とくべつな夢の回路みたいなのをとおって、父を殺しにいったのかもしれない」

そんな考えにとりつかれて動揺した「僕」は、親しくなっていた大島に家出の原因となった父親の言葉を初めて明かす。

カフカを家出へ駆り立てた父の言葉、それは、

「おまえはいつか父を殺し、母や姉と交わるだろう」

といういまわしい予言だった。

カフカの父は、幼い息子にむかって、それをことあるたびにくりかえしささやきつづけたのだ。

「（おまえは）どんなに手を尽くしてもその運命から逃れることはできない」と。

自分は父の怖ろしい予言の呪縛から脱けだしたい一心で家出をしてきたのだ、とカフカは大島に告白した。

大島は、佐伯さんの了解のもとに、当座の隠れ家を提供することをカフカに申し出てくれた。

……以上が『海辺のカフカ』の前半までの筋ですが、この小説は『世界の終りとハードボイルド・ワンダーランド』と同様に、二つの物語がパラレルに進行する作りになっています。このうちカフカ少年のパートには奇数番号の章があてられています。

この構成は『1Q84』でも採用される村上春樹のいわば定番的な手法といわれるものですが、このカフカ少年の話にからむのが、こちらの方は偶数番号の章を通じてパラレルに進行する「ナカタさん」のつぎの物語です。

ナカタさんは、カフカとは対照的に六十代をむかえた男性。幼い頃に大人からこうむった暴力をきっかけに記憶を失ったあげく、それとひきかえに猫の言葉をしゃべる奇妙な能力を獲得した。そしていまは東京で迷い猫を探す仕事で日々の生計をたてているという謎めいた経歴の持ち主です。

このナカタさんが主人公をつとめるパートでは、カフカ少年のパートとは異なったトーンの物語が最初から展開します。

そこには哲学的な会話をかわす老いた黒猫、黒いシルクハットに長靴というウィスキーのジョニー・ウォーカーのラベルの人物と同じ扮装をし、「ハイホー！」と叫びながらワナにかけた野良猫を殺してはその魂で笛を作る男――じつは殺されたカフカの父親の分身――、さらには高松のポン引きで、自分は「実体を欠いた抽象概念」であり「プラグマティックな中立的客体」として世界の相関関係を管理していると称するカーネル・サンダースと名乗る白シャツに黒いストリング・タイを締めた老人、といったどこからみても現実にいるとは思えない突飛なキャラクターが次々と登場します。

一口にいえば、かれらは全員が「いると思えばいる。いないと思えばいない」ような存在として描かれています。

「ゼロの汎神論」の世界

大乗仏教の「空性論」が中観派という学派を中心に発展したことはすでにのべました。

また中観派が「名前（概念）は固定的で不変な実体としての対応物をもたない」と主張する学派だったことについても、第三章でみた通りです。

かれらが仏教的な唯名論をとる一派と西洋でみなされたゆえんですが、そうした立場からは、世界のあらゆるものは文字通り名ばかりの、『世界の終りとハードボイルド・ワンダーランド』の街とその住人たちのような、意識がつくりだした幻になってしまう。

別の言葉でいえば、人は、一切の名づけられたものを「いると思えばいる。いないと思えばいない」ような存在としてしか語れなくなる。

こうした世界の再登場――『ねじまき鳥クロニクル』の唯識論への移行をはさんでの――を村上の読者に端的に証してくれるのが、ナカタさんが主役をつとめるパートだったといえるでしょう。

これに対して、カフカ少年のパートは、現実と夢の境界が失墜に失墜を重ねる「夢のまた夢」の世界、これもまた『世界の終りとハードボイルド・ワンダーランド』と同様の歩く幻たちの世界です。

ここに、二つの一見したところでは異質に思われる世界（パラレル・ワールド）は「唯名論」の世界原理の共有のもとにたがいに滑らかにリンクし、「空」思想を全面的な土壌とする「ゼロの汎神論」とでも呼ぶしかない一つの世界が紡ぎだされてゆくことになるわけです。

ところで、この小説には、影が半分しかない人物が二人登場します。一人はナカタさん、もう一人はカフカ少年のパートで図書館の館長をつとめる佐伯さんです。

もとよりたがいに未知な間柄ですが、滑り出した当初は無関係にみえた二つの物語の進行はやがて、このナカタさんと佐伯さんの二人がかつて「向う側（異世界）」の扉である「入り口の石」なるものを開き、異世界の光を呼吸した共通体験の持ち主であることを明らかにします。

そしてそのことがカフカ少年の人生を大きく左右することになる。

やがて、父親の不吉な予言を大島に打ち明けたカフカは、夢とも現実ともつかぬ得体の知れない境地のなかで一人の少女のゴーストと対面することになります。少女の正体は十五歳当時の佐伯さんでした。

いまや佐伯さんが自分の本当の母でありさくらさんが本当の姉であることはカフカ少年には疑えない事実のように思え始める。このあたりから、「夢のまた夢」の世界は一挙に眩暈《めまい》の度合を高めて、物語を自在にそして暴力的に支配してゆきます。

僕は閉じた円の中にいる

昔の佐伯さんの夢を見たのを皮切りに、カフカの周囲でただでさえ薄弱だった夢と現実、生者と死者、現在と過去の境目はみるみる曖昧になってゆく。父の悲劇的な予言は夢の深まりとともに着実かつ冷酷に成就してゆく。

……すべてはあまりにも速いスピードで前に進んでいく。僕にはその流れを押しとどめる力はない。僕はひどく混乱しているし、そして僕自身、時間の歪みの中に呑みこまれていく。

気がつくと、「僕」は「夢の迷宮」のなかで十五歳の佐伯さん、さくらさん、現在の佐伯さんと交わっている。

僕は閉じた円の中にいる。時間はここでは重要な要素じゃない。誰もここでは名前を持たない。……でも、僕はいったいどうなるんだろう？（傍点原文）

いったん「空」の輪（＝円）を見た人間は二度とその幻影から逃れられない――この小説はこの「空」なるものがその認識者としてのわれわれに強いる心理的メカニズムを圧倒的な

リアリティで確認させる結果になっています。しかも当の認識者――夢の氾濫のなかに一人取り残される――が十五歳の世間を知らない少年であるだけに、より一層残酷な形で。

やがて、このカフカ少年とナカタさんの二つの時間が物語のなかで直接の接点を結ぶ瞬間がおとずれる。ある日、自殺志願者でもあった猫殺しのジョニー・ウォーカーの挑発に屈してかれを殺害したナカタさんは、「入り口の石をくつがえせ」という頭のなかの奇妙な指示の声にあやつられて未知の土地、カフカがいる高松へ吸い寄せられるようにやってくる。ナカタさんはそこでカーネル・サンダースの助けをかりて「入り口の石」を意外にあっさりと見つけることに成功する。それは――ナカタさん自身は気づかなかったが――偶然にもカフカ少年がいつか倒れた市内の神社の境内に転がっていた。

ナカタさんは拾いあげた石を大切に宿に持ち帰る。この不可思議な石をくつがえすことは、異世界の入り口を決定的に閉じることを意味するらしい。

もはやナカタさんにとってやるべきことは一つに思われたが、するとまるでだれかに新しい呪いをかけられたようにここへきてナカタさんの生命力は急速に燃え尽きてゆく。「入り口の石」をくつがえして異世界の力を封じ去る寸前にあっけなく死んでしまう。

一方、父の予言の当然のような成就はカフカ少年をはげしい混乱におとしいれていた。そんなカフカを大島は車で高知の山奥にある自分の山小屋へ連れてゆく。

カフカは、いまや頼りになる兄貴として自分にとっての導師《グル》的な存在となった大島に車中で訴える。

風の音を聞いていればいい

「僕はどうすればいいのか、まったくわからなくなっている。自分がどっちを向いているのかもわからない。なにが正しく、なにがまちがっているのか。前に進めばいいのか、うしろに戻ればいいのか」

大島さんはやはり黙っている。返事はかえってこない。

「僕はいったいどうすればいいんだろう?」と僕はたずねる。

「なにもしなければいい」と彼は簡潔に答える。

「まったくなにもしない?」

大島さんはうなずく。「だからこそこうして君を山の中につれていくんだ」

「でも山の中で僕はなにをすればいいんだろう」

「風の音を聞いていればいい」と彼は言う。「僕はいつもそうしている」


べつにそう昂然《こうぜん》といわなくてもよいアドバイスにも思えますが、「すべては風」であり「生も死もない」無常の世界をやりすごしてゆくには、これほど的確すぎるアドバイスもないといえなくもないでしょう。

カフカ少年は結局この人生の先輩の勧めを受け入れて、一切の先行きは不透明なまま森のなかの暮らしを始めることになります。

が、それも長くはつづきませんでした。ある日、音もなくあらわれた現在の佐伯さんの幻影はカフカにこの森こそが異世界であることを示唆し、入り口がふさがれて永遠にここの住人になりはてる前に一刻も早くでるようにとうながして姿を消したのです。

そして、同じ頃、高松ではこんどはナカタさんの知人だった青年がかれに代わり「入り口の石」をくつがえし、異世界の入り口をふさぐ企てにでていました。

佐伯さんの幻影の言葉は魔法のようにカフカを父の呪縛から解き放つ。人生の転換点を感じたかれは彼女の教えにしたがって森をでることを決意する。

森を離れたかれは、入り口が閉じられる寸前に、異世界からの脱出の機会をつかむことができた。

やがて高松にもどったカフカ、かれを待っていたのは、佐伯さんが急死したことを告げる大島の言葉だった。

村上春樹はもともと思春期の少年や少女を描くのがとても上手い作家ですが、『海辺のカフカ』は、村上の長編のなかでこの成長期にあたる人物を主人公にすえた唯一の作品になっています。

村上が『世界の終りとハードボイルド・ワンダーランド』を発表したのは一九八五年。かれはその後、『ねじまき鳥クロニクル』（一九九五）をふくめていくつかの長編作品を著しました。

『海辺のカフカ』（二〇〇二）はそれらのなかで、『世界の終りとハードボイルド・ワンダーランド』の世界を洗練させせながらも最もストレートにひきつぎ、しかもその世界観をより自然な形で再現することに成功した作品だといえるでしょう。「より自然な形で」とは、最後にネタばらし的なうっちゃりを用意しなかったぶん人工性を際立たせずに、という意味です。

鏡の中の「相即相入」

『海辺のカフカ』が描くのは、あらゆるものが実体を欠いた「空」の迷宮の世界です。そこでは「自」／「他」、「夢」／「現実」、「生者」／「死者」などあらゆる二分法・二項対立が溶解するいわば万物照応の世界がくりひろげられます。

そういえば、大島があるときカフカの隠れ家となった山小屋でこんなことを語る場面がでてきます。

この僕らの住んでいる世界には、いつもとなり合わせに別の世界がある。……君の外にあるものは、君の内にあるものの投影であり、君の内にあるものは、君の外にあるものの投影だ。

これは、さきほどの車中の会話につづく場面での発言です。この相互投影的な世界観――大島の興味深い形容にしたがえば「相互メタファー」としての世界のあり方という見方――に接したとき、私は思わず万物照応の世界観の極致ともいうべき華厳《けごん》宗の重重無尽《じゅうじゅうむじん》のヴィジョンを思い出したものです。

華厳宗とは、大乗仏教の経典の一つである『華厳経』によって中国の隋末に始まり、唐の時代に大成された宗派です。

華厳哲学は、十八歳頃から晩年にいたるまでの間自分の見た夢の内容を詳細に記録した『夢記』で知られる日本の明恵《みょうえ》上人（一一七三～一二三二）に大きな影響をあたえましたが、このこと自体、『華厳経』の世界観と夢の哲学との相性の良さをしめすものなのかもしれません。

重重無尽といえば、それが語られるときにきまってもちだされる有名な故事があります。それはのちに華厳宗の第三祖として高名を馳せることになった法蔵（六四三～七一二）にまつわる逸話です。

ちょうど則天武后《そくてんぶこう》が大唐帝国に並ぶ者のない女帝として君臨していた頃のことで、法蔵は彼女に仕えて寵愛をうけていた。

法蔵は、ある日、則天武后から、

「縁起的世界観とは何か」

という独裁者にふさわしくこれ以上にないほど単刀直入な質問をうける。

法蔵はうなずくや、

「それはこういうことでございます」

とさっそく弟子に命じて十面の鏡を上下左右においた空間を室内に作りあげる。その空間の中心に小さな像をおき、燈火で照らしだすと、そこには像の映像が目もあやに無限反射してゆく不思議な世界があらわれた。

そして法蔵はやおら鏡の無数の映像を指しつつ、

「これが縁起の世界なるものです」

と万物の「相即相入《そうそくそうにゅう》」の無限縁起の世界のヴィジョンを説いたというのです。

むろん則天武后は大いに感心することになるわけですが、じつに鮮やかというか、このあまりに達者なパフォーマンスぶりをとらえて法蔵の権力者にとりいる才能、演出能力に長けた怪僧としての横顔を読み取る人もいるようですが、あるいはそうかもしれません。

いずれにせよ、これは、元は華厳宗に発したとされながらその後むしろ禅宗を通じて世に広まった故事で、仏教を学んだ人間ならば知らない者はいない有名な話です。

そして「空性論」的にいうと、この話のミソは、そこで用いられる鏡自体もまた「空」である点にある。異体同体の重重、「相即相入」という華厳哲学の用語で語られる相互依存の関係のダイナミズムのなかで、生命のある物、またない物を問わず、一切は自己同一性を剥奪され、解体してゆく。ついには四方八方、始まりも終りもない無尽の関係性の只中に溶解してゆく。

これこそはまさに縁起の世界観そのもの、大乗仏教のコスモロジーの基礎をなす自他一如《いちにょ》の、『華厳経』がおしえる「古い夢」です。

そこでは夢と現実の区分など初めから生きのびる余地がない。夢中の夢から逃れた者には現実というもう一つの夢が待っている。そこから逃れる道などはない。生きるとは夢から別の夢に覚めつづけるプロセスの謂《いい》にほかなりません。

そういえば、『海辺のカフカ』のラスト、夜汽車で東京にもどるカフカ少年にかれの内なる声がこんなことを語りかける場面がでてきます。

比重のある時間が、多義的な古い夢のように君にのしかかってくる。君はその時間をくぐり抜けるように移動をつづける。たとえ世界の縁までいっても、君はそんな時間から逃れることはできないだろう。でも、もしそうだとしても、君はやはり世界の縁まで行かないわけにはいかない。世界の縁まで行かないことにはできないことだってあるのだから（太文字原文）。

そう、仏教の「古い夢」の語る世界、そこでは救済もまた比喩にすぎない。人はみずから「空」なる存在として「救済なき救済」を求めて生きてゆくしかない。「空」の鏡を見るとはそのことであり、結局のところ世界を飼い馴らして生きるとはそのことである。

カフカ少年には初めからよくわかっていたのです。

第十章

「均衡そのものが善」と『1Q84』の教祖は語る

センチメンタリズムとナルシシズム

『海辺のカフカ』は内海の光の反映が全篇にみなぎるみずみずしい作品でした。

そこには少年の甘い精神的体臭が匂いたち、夢に対する圧倒的無力に目覚めつつもなお一歩を踏みだそうとする姿が鮮やかに物語られていた。

それはまさに上質なセンチメンタリズムが領する世界でした。

本書の第一章で米国人の作家リチャード・パワーズが村上春樹に関するシンポジウムでおこなった発言のいくつかを引いておいたのをおぼえておられるでしょうか？「シュールにグローバルな、そしてグローバルにシュールな作家」村上春樹というのは、そのときにかれの口から飛びだした名言でしたが、パワーズはまた、『海辺のカフカ』のなかの大島の相互投影的な世界観（「迷宮というものの原理は君自身の内側にある」云々という）に注目して言及しています。そして、その際、村上作品のなかで鏡が小道具に使われる場面の多いことに驚いていています。

たしかに村上春樹の小説の主人公はしばしば鏡の前に立ち、自分の姿をながめます。鏡で自分をながめるのを好む人を、われわれは普通、自身の美貌に陶然とするナルシストとみて揶揄します。ただ、村上の場合はそんな愚かな隙は決してあたえない。反対に、かれの作品では、それぞれの主人公たちが、「誰にとっても意味のない亡骸」のような顔（『1973年のピンボール』）とか、「いつも浮べるようなぱっとしない表情」（『羊をめぐる冒険』）とか、火傷のようなあざで汚れた顔（『ねじまき鳥クロニクル』）とか、要するに自分の無力さと向き合うために鏡を見る。

これは一見ナルシストと逆のようですが、自分の姿に執着している点では同じです。つまり、ただ方向がちがうだけの否定を通してのナルシシストなのです。

そして、このことは、村上作品の特徴であるセンチメンタリズムとも密接な関わりをもっているということができます。

センチメンタリズムの意識とは自身の無力さの認識が生み出すものです。

それは発生論的にいうと、順番に、

①無力な自分の発見

←

②①を受け入れる comfortable な敗北感

←

③②に伴う自己憐憫まじりのうしろめたさ
↓
④にもかかわらずそれを押し切って達観してしまう自分の発見
↓
⑤④で押し切った自分への愛

という誘発径路をたどる。しかし、⑤の自己愛にいつまでもひたるのは知性が許さない。こうしてふたたび①の自己の無力の認識にもどると、回転木馬のようにまた一からそっくり同じプロセスがくりかえされることになる。これがナルシシズムとセンチメンタリズムの作る堂々めぐりの世界、「輪」の世界です。

そしてこの一連のプロセスを肯定形で語れば相田みつをの、否定を通して語れば村上春樹の世界になる。

パラレル・ワールドからの脱出

村上は『海辺のカフカ』で怪物的な父親の予言に呪われた一人の少年の自己回復の希求の旅を描きました。

一方、そんな少年（少女）時代の魂の甘美な疼《うず》きに導かれながら異世界（パラレル・ワールド）を舞台に愛の力で運命の再会を果たそうとするあるカップルの物語、たがいに三十歳になろうとする一組の男女の行方を伝える物語――それが『1Q84』です。

この小説はそれぞれ前編・後編をもつBOOK1〜3の三部仕立て。二〇〇九年から翌年にかけて二度に分ける形で発売され、現在店頭で手にとれる新潮社の文庫版で全六冊におよぶという、これまで村上が書いた長編のなかでも最も長尺なものになっています。

『ねじまき鳥クロニクル』や『海辺のカフカ』と同様、多くの脇役たちの活躍する複雑なストーリー・ラインをもつ小説ですが、ここでは主人公二人の動きに焦点を絞ってあらすじを紹介することにしましょう。

『1Q84』は、青豆雅美という女性と川奈天吾という同い年の小説家志望の男性を中心とする物語が章を替えつつパラレルにすすむ形式をとっています。

『世界の終りとハードボイルド・ワンダーランド』や『海辺のカフカ』と同じ形式の作品というわけですが、あらすじを一読してだれもがこれらの先行二作品、さらに同じ異世界物の系譜につらなる『ねじまき鳥クロニクル』とは一味も二味も違ったこの小説のもつある特徴に気づくはずです。

青豆雅美は二十九歳のスポーツ・インストラクター。彼女は、性的な虐待をふくむ家庭内暴力の根絶を願う富豪の老婦人、緒方夫人からそれらを犯した人間の抹殺をひそかに依頼されて実行する「プロの殺し屋」としての裏の顔をもつ。

一九八四年の四月の午後遅く、緒方夫人から頼まれていたいつもの裏仕事に向かう途中の首都高三号線で渋滞にまきこまれた彼女は、緊急用の非常階段を通じて国道二四六号線に下りた。

するとそこは、もう一人の緒方夫人を初め、元の世界にいた面々が普通に暮らす「異世界」、二つの月が空に浮かぶ1Q84の世界だった。

青豆は「わけのわからないなんらかの力が作用して、私のまわりの世界そのものが変更を受けてしまったのだ」と思った。元の世界に戻れるかどうかはいまのところ見定めがつかない。

青豆は混乱しますが、同時にプロの殺し屋としての本能はただちに冷静な対処を彼女にうながします。そう、とにかくも生きぬくために。

好もうが好むまいが、私は今この「1Q84年」に身を置いている。……私はその疑問符つきの世界のあり方に、できるだけ迅速に適応しなくてはならない。新しい森に放たれた動物と同じだ。自分の身を護り、生き延びていくためには、その場所のルールを一刻も早く理解し、それに合わせなくてはならない。

以下では、青豆が「自分の身を護り、生き延びていく」ために、こんどは逆に1Q84からの脱出を企てる、その目論見が最後に成功するかしないかが話の主筋となってゆきます。ただし、このとき彼女の「護るべきもの」のリストには、自身の他に川奈天吾というおさななじみともう一つの予期せぬかけがえのない宝物、わが子が加わることになるのですが。

リトル・ピープルが長い腕を伸ばす

青豆雅美のおさな友達の川奈天吾は東京で予備校の教師をしながら小説家をめざす青年です。

あるとき新人文学賞の応募原稿の下読みのアルバイトをしていたかれは、深田絵里子という十七歳の女の子が書いた『空気さなぎ』という作品に魅かれる。そして編集者のすすめで天吾がリライトしたうえで出版する計画に関わることになる。

『空気さなぎ』、それはつぎのような奇想天外なストーリーからなる小説だった。

十歳の少女がある山中のコミューンで暮らしている。彼女はコミューンのメンバーたちから盲目の聖なる山羊の世話をまかされている。

ところが、少女はあるとき誤ってその山羊を死なせてしまう。コミューンの大人たちの怒りを買った彼女は、懲罰として山羊の死体とともに土蔵に押しこめられる。

すると三日目の夜。この山羊の死体の口から「リトル・ピープル」という別世界の奇怪な生き物たちが全部で六人あらわれた。かれらはこの孤独な少女に「空気さなぎ」の作り方をおしえた。

絵里子は「リトル・ピープル」の正体については小説のなかで詳細に書きこんではいなかったが、「リトル・ピープル」とはどうやら異世界の闇にうごめく謎の支配者の名であるらしい。そして「リトル・ピープル」の出現は、少女の運命を大きく書き換えてゆくことになった。

じつは、『空気さなぎ』は絵里子が自分の体験をそのまま文章化したものだった。『空気さなぎ』のなかで空に浮かんだ二つの月、それこそは「リトル・ピープル」の住む世界であることのしるしなのだという。

天吾は小説のリライトを完成した。出版された小説は編集者の目論見通り大評判になった。

そんなある日のこと――天吾は月が二つある東京にいる自分を発見して驚くことになる。かれはいつしか異世界に迷いこんでいる自分に初めて気がついた。

ここに青豆と天吾の二つの物語は、「リトル・ピープル」の謎をめぐって接近し、つぎつぎにくりだされる目にみえない不可思議な力のなかで織り合わさってゆく。

天吾は、絵里子を通じて彼女の後見人をつとめる戎野《えびすの》という六十代の元人類学者と知り合う。戎野の話から、絵里子が十歳の年にある左翼系のコミューンから脱走してきたこと、その脱走の理由に実在の生き物である「リトル・ピープル」が関与していた可能性があったという事実に行き当たる。

絵里子は、「リトル・ピープル」がかれらの存在を天吾が絵里子に協力して小説で暴露したことに危険なまでに腹を立てていると天吾におしえた。霊媒としての資質と異変予知能力をもつ彼女は、「リトル・ピープル」と戦うために、いまこそ「わたしたちは力を合わせなくてはいけない」と天吾に共闘の決断をうながした。

「いそいだほうがいい」

「どうして?」と天吾は尋ねた。

「リトル・ピープルがさわいでいる。……ずっととおくで」

「でもそれが君には聞こえる」

「わたしにはきこえる。……イヘンがあろうとしている」

「イヘン」と天吾は言った。それが「異変」であると思い当たるまでに少し時間がかかった。「どんな異変が起ころうとしているんだろう?……リトル・ピープルがその異変を起こすのかな?」

「カミナリがなりだすまえに(安全な場所に)もどったほうがいい」

「雷?」……

ふかえり(絵里子)の声には不思議な説得力があった。

雷は二人の動きを見守る「リトル・ピープル」が激しい怒りを発している合図だという。天吾はいいしれぬ不安のうちに駆られながら「長い腕がどこかから伸びてこようとしている」事態にあらためて気づいた。

二十年前の月がつなぐ絆

天吾は、この齢まで本当の意味での恋人のいない生活を送ってきた。かれには、小学四年生、十歳の頃におきたある出来事にまつわる忘れられない思い出があった。

それは、青豆雅美というほんのわずかな間同じクラスにいたそれまでは特に親しくもなかった女の子にまつわるものだった。

ある日、天吾は、教室で同級生からたちの悪いいじめを受けている青豆を救った。しばらく過ぎたある冬の放課後のこと、それまでとくに意識的に言葉をかわした記憶もなかったその無口な少女は、何を思ったのか、ふいに教室で天吾に駆け寄ってくる。

青豆は無言でかれの手をつよく握った。それから二人は、静謐《せいひつ》そのものの孤独のなかで窓の外に浮かぶ月を見上げたのだ。


そのとき青豆が月に向かって何を差し出したのかはもちろんわからない。しかし月が彼女に与えたものは、天吾にもおおよそ想像がついた。それはおそらく純粋な孤独と静謐だ。それは月が人に与え得る最良のものごとだった。

二十年後の1Q84の夜——絵里子と別れた天吾は近くの公園で月をながめた。そして、自分が心の奥底でいかに烈しくあの青豆を、その後おきた彼女の転校をきっかけに離ればなれになってしまった少女との再会を望んでいたかに気づくことになった。天吾は月光をみつめて青豆を想い起こす時を過ごす。

その穏やかな自然の光は、人の心を癒し鎮めてくれる。澄んだ水の流れや、優しい木の葉のそよぎが、人の心を癒し鎮めてくれるのと同じように。

ここまでくれば『1Q84』という小説のもつ特徴は明らかでしょう。そう、明治以来の大衆小説にみられる古典的なメロドラマです。

実際、「今月今夜のこの月」（『金色夜叉』）をたがいの愛憎をふくむさまざまの絆のつよさを確認するタネにつかうのはこの種のメロドラマのいわば定番ともいうべきやり方の一つですが、一方、この明治以来の古典的なセンチメンタリズムに甘美にひたりつつ再会に恋い焦がれる気持ちは青豆にとっても同じだったようです。

この二十年というもの、青豆もまた自分を救ってくれた天吾といつかめぐり逢い、「この人生で愛した相手はあなた一人しかいない」と打ち明ける瞬間を夢見てきたからです。

蛇足ながら、ここでいう明治時代的なセンチメントとはいうまでもなく「江戸情緒」の嫡出子です。明治の大衆小説においてはこの情緒が近代的な装いのもとに大々的に再生産されることになった。

その際、情緒纏綿《てんめん》たる江戸の仮名草子の世界と「近代風メロドラマ」をつないだ有力な小道具が「青い月夜」であり天吾を癒す「夜の風」でした。……

さて、ほどなく青豆が1Q84の世界へきて最初の殺人の依頼を緒方夫人から受ける日がやってきた。こんどの標的は左翼系コミューンを前身にもつ密教系のカルト教団の教祖。緒方夫人の話では、この男は実の娘をふくむ四人の少女をレイプしていた。

教祖は人の心を見透かして読み取る特殊能力の持ち主だという。青豆はさっそくスポーツ・インストラクターの肩書を用いて教祖に接近を図る。

リトル・ピープルと教祖

青豆は、緒方夫人の周到な準備の甲斐もあって、首尾よく、整体治療の専門家の名目で、教祖が滞在していた高級ホテルの一室に忍びこむことに成功した。

こうしていよいよ目的の殺しにとりかかる寸前、一切をさとった教祖は、1Q84の成り立ちについて、また自分が「リトル・ピープル」の代理人であることや、かつて血を分けた娘の絵里子を犯したこと、彼女が自分を嫌って教団を逃げ出したいきさについて青豆に物語る。もっとも、正確にいえば、絵里子の脱出は「リトル・ピープル」が教祖を操る際に自分が媒体として使われ、利用されることを何よりも嫌い、怖れたせいだったのでしたが。

「空気さなぎ」とは、「リトル・ピープル」が聖なる通路である「山羊」の口からあらわれる際、教祖と意志疎通をするために用いる、絵里子の奇妙な分身である「ドウタ」を製造するための装置のことだった。

教祖は、青豆にむかって、脱走した絵里子がいまや「リトル・ピープル」自身の反動の力学が生んだ「反リトル・ピープル勢力」の一翼をになっていること、青豆と天吾は、なんとこの「反リトル・ピープル勢力」の意思にもとづき、二人の「互いを強く引き寄せ合」う力を通じて１Ｑ８４に運びこまれたという驚天動地の事実を明かす。

つまり、青豆と天吾がいままさにまみえている運命は絵里子の小説の力が実現したものだったという。

こうして、青豆は教祖の口からあの天吾が１Ｑ８４の世界にきていることを初めて知ることになる。

教祖は「リトル・ピープルと呼ばれるものが善であるのか悪であるのか、それはわからない。それはある意味では我々の理解や定義を超えたものだ。我々は大昔から彼らと共に生きてきた」と彼女に語った。

「天吾くんは君がこの世界に存在することをちゃんと覚えているし、君を求めてもいる。そして今に至るまで、君意外の女性を愛したことは一度もない」

教祖の言葉に青豆の心は乱れる。殺しの標的との思いがけない会話を通じて天吾の身に危険が迫りつつあることを知った青豆は、混乱しながらも結局は教祖を殺す。

青豆が教祖を消し去ったその晩――１Ｑ８４の世界は絵里子の警告した通り、激しい雷雨に見舞われた。

その雷が鳴りやまないなか、天吾は絵里子から性的な「おはらい」に誘われる。その儀式のさなか、トランス状態の絵里子を媒体にしながら、天吾は十歳当時の青豆と再会してまじわる夢現《うつつ》の感覚を味わった。

非常階段の月

教祖は、殺される間際に、「だれもが1Q84に入れば二度と元の世界にもどる出口はない」と青豆に断言していた。

他方、絵里子は天吾に、時間はもはや限られつつあるが、青豆が天吾を見つけることで二人は再会できるだろうと予言してはげました。

こうして、この二つの発言をめぐって、青豆と天吾の再会と最終的な脱出の可能性が、物語のなかで前景化してゆくことになる。

この頃、天吾は、「反リトル・ピープル勢力」の側に属する看護婦の安達クミと短い性的な交渉をもつ。クミは、自分が天吾の死んだ母親の生まれ変わりであることをほのめかす。

一方、同じ頃、ある思わぬ異変が青豆の体を襲うことになる。彼女は、雷の夜になんの行為もなしにだれかの子供を受胎したことを知って驚く。そして、いつか聞いた教祖の言葉通り、なにかの見えない力がだれかと結びつけるために自分を1Q84に送りこんだ、いや1Q84へきたこと自体が自分とそのだれかとのこの世の法則を超えた神秘的な共同作業だったのだとあらためて実感する。

そのとき、腹の子が天吾の子であることは青豆のなかで疑えぬ確信に変わっていました。『1Q84』の物語は、腹の赤ん坊と天吾を守るために1Q84を脱出する決意を固めた青豆がついに天吾を探しだすことに成功し、「私たちはお互いに出会うためにこの世界にやってきた」（傍点原文）とかれと二人、国道二四六号線からいつかの非常階段を駆けあがるところでフィナーレの大団円にむけて一挙にスリルを高めてゆきます。

何があってもこの世界から脱け出さなくてはならない。……私たち二人のためにも、そして（お腹のなかの）この小さなもののためにも（傍点原文）。

愛の力はないはずの出口を二人に恵むだろうか？　やがて二人は渋滞した高速道路の上にでる。

するとそこは、二人の頭上に月が一つしかない世界だった。

彼女は空中にそっと手を差し出す。天吾がその手をとる。二人は並んでそこに立ち、お互いをひとつに結びあわせながら、ビルのすぐ上に浮かんだ月を言葉もなく見つめている。それが昇ったばかりの新しい太陽に照らされて、夜の深い輝きを急速に失い、空にかかっただけの灰色の切り抜きに変わってしまうまで。

仮名草子の「因果の恋」

これがこの小説の最後の文章ですが、どうでしょうか？

まえに『1Q84』はいままでの村上の異世界物（時間Aと時間Bをもつパラレル・ワールド物）とは異なった特徴、古典的なメロドラマ性――ただしハードボイルド風の味付けを加えた――をもつと書きました。

たとえば、この小説のBOOK1、青豆が1Q84に送りこまれるまで天吾を探さず、「偶然の邂逅《かいこう》」を夢見ながらひたすら待つという現代の殺し屋にしてはいかにも古風な生き方を選ぶ人間だったことが明かされる場面。

そこに、

　一人でもいいから、心から誰かを愛することができれば、人生には救いがある。たとえその人と一緒になることができなくても。

という青豆の台詞がせつなげにでてくる。まさに純愛小説の目玉ともいうべき台詞ですが、私などはこれを読みながらつい、

待ってもむだなことがある

待ってもだめな
こともある
待ってむなしき
ことばかり
それでもわたしは
じっと待つ

という相田みつをの名作、「待つ」という詩（『にんげんだもの』所収）を連想しました。また、二人が離ればなれの場所でたがいを思いやりながら同じ月を見上げる場面では、江戸文学に流れこんだ中世以来の「古い夢」とでもいうべき、

月は常住にして千里のほかまで光り輝かし、暗き夜の闇を晴らせば……いずれかこの御影を仰がざる
『露殿物語《つゆどの》』

や、あるいは、

そなたより吹き来る風もそれとのみ、空行く月をもさぞならむ、君も見るやと立ち出でて、そなたの空と思いやるばかりなり
『恨《うらみ》の介《すけ》』

といった有名な「因果の恋」（仮名草子）のくだりの余韻嫋々《じょうじょう》たる一節、さらにまたこれも仮名草子『竹斎《ちくさい》』にでてくる、

暁の月に昔を思い出づる　君別れし時と思えば

という狂歌を思い浮かべたものです。ただ、話もここまでくるとニッポンの近代っていったいなんだったのだろう、何も変わってないじゃないかという気がしないでもありません。もっとも、宗教と文学とを問わず「古い夢」のもつ力とはそういうものなのですから、それはそれでかまわないのですが（なんというか、日本のプレモダンというのはポストモダン的生き方への沈湎《ちんめん》に最高の言い訳を提供してくれる何かのようです）。

「均衡そのものが善」と教祖は語る

ところで、いま『1Q84』という作品のもつメロドラマ性について色々とあげつらいましたが、そうしたこの小説の性格が最もよく表れているのは、主要登場人物たちのキャラクター設定そのものなのではないか？

すでにのべた通り、『1Q84』はこれまでの村上の長編小説と同じく、悪魔祓いの手法を全面的に展開した作品です。そこで追い払われるべき魔神を演じるのが、「リトル・ピー

プル」であり、またかれらと手を結んだ教祖です。

そして物語の進行にあたって終始イニシアチブをとるのが青豆ですが、その彼女がもつ裏の稼業が殺し屋だというのもこの小説の性格（ハードボイルド的なメロドラマ）にいかにも見合ったものに思える。

ただし、そんななかで『1Q84』の娯楽性を良くも悪くも体現しつつ設定された人物を一人あげろといわれれば、私は迷いなく、教祖その人をあげます。

たとえば、教祖が、滞在するホテルで、自分を殺しにきた青豆にむかって彼女の正体を察しつつ長々と自身の世界観を吐露する場面がある。そのなかでかれはこんな台詞を口にするのです。

> この世には絶対的な善もなければ、絶対的な悪もない。……善悪とは静止し固定されたものではなく、常に場所や立場を入れ替え続けるものだ。ひとつの善は次の瞬間には悪に転換するかもしれない。……重要なのは、動き回る善と悪とのバランスを維持しておくことだ。どちらかに傾き過ぎると、現実のモラルを維持することがむずかしくなる。そう、（善悪の）均衡そのものが善なのだ」（傍点原文）

教祖は「リトル・ピープル」についてそれがわれわれの善悪の彼岸——ちなみに、これはブッダこのかた仏教がいただく至高の到達目標になりましたが——的な存在であると語りますが、これは、「善悪の峻別を超えた力の源泉」と結びついていたという田村カフカの父親に事実上の「実社会」との和解性の絵の具を俗っぽく混ぜこんだような性格設定をうかがわせる発言でしょう。

また、教祖は、「大昔から」存在する彼岸的存在の「リトル・ピープル」の現世における代理人になったわけですが、それに関連してかれはこうも話します。

我々の生きている世界にとってもっとも重要なのは、善と悪の割合が、バランスをとって維持されていることだ。リトル・ピープルなるものは、あるいはそこにある何らかの意思は、たしかに強大な力を持っている。しかし……その力に対抗する力も自動的に高まっていく。……どの世界にあってもその原理は変わらない（傍点原文）。

闇社会のフィクサー

さきほどみたように、この作品は教祖を「リトル・ピープル」に準じる魔神（本来、醜悪であればあるほど追い払い甲斐がある）の一人として設定しています。

ですが、右の二つの発言の内容はその「追い払われるべき」立場というそのあたえられた設定にいささか水をさすものでしょう。

実際、読んでいて不思議に思うのは邪悪な密教系カルトを牛耳る反社会的そのものの親玉――あの麻原を連想させる――がなぜ日本社会における善悪の「微妙な均衡」などという

「善」にコミットしなければならないのか？――

これでは、「リトル・ピープル」や自分の役割を説明するためにかれがわざわざ口にしたフレイザーの『金枝篇《きんしへん》』やドストエフスキーの『カラマーゾフの兄弟』までが、なにやら街の物知り親父のうんちくの披瀝にみえてくる。

というと散々に聞こえますが、じつをいえば、メロドラマとしてはこれこそが正しいやり方なのです。つまり、ここでは、まるでワザとのように万事に中途半端で庶民臭芬々《ふんぷん》に描かれるそのキャラが逆に、かれを古典的なメロドラマにうってつけの存在に仕立ててあげている。

いま、麻原を連想させると書きましたが、本当はそれはまったくうわべだけの話。この教祖の偽悪家的な韜晦《とうかい》に満ちた「中道」ぶりは、実際にはあの麻原とは似ても似つかぬものです。

ただ、もし仮に作者がこの教祖を『ねじまき鳥クロニクル』の綿谷ノボルのような絶対悪そのもののキャラクターとして登場させてしまえば、その結果はどうだったでしょうか？おそらくメロドラマとしてはぶちこわしの事態になったでしょう。

このまえに、『1Q84』はハードボイルド風味をそなえたメロドラマだと書きました。このハードボイルドという小説の分野はアメリカで生まれたもので、村上春樹が好きなレイモンド・チャンドラーなどはその代表的な作家の一人です。

ただ、日本はアメリカのような銃社会はもたなかったので、銃がなければ刀というわけで、時代小説——都会的で洒落たタッチの——が長い間その代替物の役割をはたした。眠狂四郎シリーズの柴田錬三郎や江戸っ子気質を感じさせる池波正太郎などの作品が高い人気を誇ったことはご存じの通りです。

なぜこんな話を持ち出したかといえば、『1Q84』の教祖が口にする台詞から、つい私は池波正太郎の梅安《ばいあん》シリーズにでてくる「音羽《おとわ》の元締」を連想したからです。

実際、この奇妙な教祖が語る世界観は、

「世の中の仕組みは矛盾から成り立っている」

とか

「人間は悪いことをしながら良いことをし、良いことをしながら悪いことをしている」

という池波ファンならだれもが知る名文句に支えられた池波ワールド、酸いも甘いも噛み分けた江戸の闇社会のフィクサーのそれと瓜二つなのです。いまあげた二つの文句を現代風に言い直せば、

「重要なのは、動き回る善と悪とのバランスを維持しておくことだ。どちらかに傾き過

ぎると、現実のモラルを維持することがむずかしくなる」

という教祖の台詞になる――。

どうでしょうか？『１Ｑ８４』の世界がいよいよ江戸の大衆読み物「仮名草子」の世界と地続きのものだと思えてきませんか？

村上春樹が作品のなかで鏡を使うのを好むことは本章の冒頭でのべました。

村上の鏡はつねにフラットで澄んでいます。ただ、麻原的な魔神は、本来、現実という手に負えない「ぐにゃぐにゃの鏡」が最もよく映し出すものです。しかし、「ぐにゃぐにゃの鏡」に映し出される何か、もはや見分けもつかぬ底の底までのグロテスクは、もはや村上の一般的な読者たちが決して期待しないところの何かだというしかありません。要するに場違いなのです。

思えば、梅安や音羽の元締も「世のため人のためにならぬ」存在をこっそりと抹殺する、裏社会に生きる人間の否定を通しての義侠心で結ばれていました。

青豆と彼女の依頼人の一見上流風の緒方夫人の二人を結ぶのもやはり庶民のモラルです。

そしてそうしたモラルの体現者――「侠気ある女シェーン」と呼ぶべき現代の殺し屋――の「因果の恋」がメロディアスに語られる以上は、脇を固める「教祖」の庶民性もこの小説にまたとなく似つかわしいものだったといえるのかもしれません。

第十一章
『1Q84』のゴージャスで支離滅裂な世界

二つの世界をめぐる混乱

さて、小説『1Q84』のなかで月が二つあるのは、世界の因果の系列が変更された——教祖の表現によると「線路が切り替えられた」「時間性が切り替わった」——ことを意味し、それはまた青豆や天吾が1Q84という異世界に足を踏み入れたことを示す証しであるのだとされていました。

では、そもそもこの『1Q84』のなかで、元の世界と異世界、時間Aと時間Bをもつ二つの世界はたがいにどのような関係、つまり仕組みでつながっているのか?

これがいまからとりあげる二番目の論点、作品のいわば技術的なメカニズムにまつわる論点です。

『1Q84』の教祖の奇妙に庶民的な人となりについては前章でふれました。

かれには、この村上春樹が書きあげた空前絶後のハードボイルド調メロドラマの屋台骨を主人公二人と力を合わせて支えるのにふさわしい、江戸の闇世界の黒幕的なキャラクターがあたえられた。見方によっては最も興味深い脇役の一人でしたが、結論からいって、かれは二つの世界の関連性をめぐる作者村上の混乱をそのまま背負わされるという損な役目をになわされたようです。

『1Q84』のなかで、教祖が滞在先のホテルにあらわれた青豆を相手に、彼女がその間を移動した二つの世界、時間Aと時間Bの世界の構造的メカニズムをペダントリーをまじえながら長々と説明する場面がでてきます。

それは、この重厚な名脇役が作者になりかわって読者に1Q84のなんであるかを絵解きする場面ともなっています。

『1Q84』の描く世界はかなり複雑なシステムをもっていますので、これは作者ならばだれでも必要と考える手当ての一つだったといえるかもしれません。

私は『ねじまき鳥クロニクル』をあつかった第八章の末尾の節で、『1Q84』は唯名論的な世界観とは対極にある密教的な世界観を用いている作品だと指摘しました。

ここで、仮に『1Q84』が唯名論の特質をもつ空性論の世界観を作品の前提として導入していたならば、二つの時間、時間Aと時間Bの関連についての絵解きは容易なものになっていたはずです。

なぜなら、原理上、空間的・時間的を問わず存在する一切は「仮想的《バーチャル》」なものにすぎないのですから。

そこでは――『海辺のカフカ』のカーネル・サンダースやジョニー・ウォーカーたちが典

型的にそうであったように――「抽象概念」や「中立的客体」たちが平然と歩き回って人間たちと交渉をもったところで一つも不思議ではありません。同時に、１Ｑ８４と元の世界とのいわば二項対立的な区分自体も、「ゼロなるもの」の名のもとに自動的かつすみやかに廃棄されることになる。

ところが、『１Ｑ８４』では、これとは明らかに異なった実体主義的（＝実在主義的）な一元論の世界観が作者の村上によって採用されています。それがまえにのべたいわゆる密教的な世界観です。

実際、村上は、１Ｑ８４とは何かについて、教祖に自信たっぷりで青豆に向かってこう語らせるのです。

> ……ここは本当の世界だ。そいつは間違いない。この世界で味わう痛みは、本物の痛みだ。この世界にもたらされる死は、本物の死だ。流されるのは本物の血だ。ここはまがい物の世界ではない。仮想の世界でもない。形而上学的な世界でもない（傍点原文）。

つまり、教祖のいう『１Ｑ８４』の「ここ」において、元の世界と１Ｑ８４とは「本当の世界」の発想のもとに、一なる「現実」に統合されている。その「現実」とは「形而上学的な世界」でないと教祖がわざわざ念を押した通り、実体的なレヴェルでの「現実」です。これは、文字通り絵に描いたような密教が達成した世界の理解であり解釈でしょう。

そこでは、小説の冒頭近くで、村上がタクシー運転手の言葉を借りて太文字まで用いて「**見かけにだまされないように。現実というのは常にひとつきりです**」と地の文で書いてみせたその見方が、詳細さを加えながら教祖によってそのままリフレインされていることがわかります。

唯名論のなかの時間

さきほど、この教祖は作者である村上自身の混乱をそっくりになわされたとのべました。たとえば、ここで仮に、もしいま青豆に対して表明された「一なるもの」の実体主義的な一元論が、教祖のなかで論理的に首尾一貫、貫き通されていたならば、どうであったか。『1Q84』の世界は、こんどは『海辺のカフカ』とはちょうど真反対の方向で、二つの時間をめぐる説明上の整合性を保つことができたでしょう。

たとえば、教祖は、殺される直前のホテルの一室で、元の世界を支配していた「時間性が切り替わった」結果、1Q84という異世界になったのだ、という言い方で「時間A」と「時間B」の関係について青豆に説明しています。

「あくまで時間が問題なんだ」というそこでのかれの言葉通り、ここでの説明の整合性を保証するポイントは時間性、あるいは「時間A」から「時間B」への「切り替え」の処理についてです。

くりかえしますが、すでに見たように、唯名論的なアプローチをとるならば、二つの異なった時間、時間Aと時間Bについての処理は簡単です。異なった時間の例として一番わかりやすいものは「過去」と「現在」ですが、唯名論においてこの二つの時間はともに「ゼロ」の名のもとに解体の対象となる。過去も名前だけ、現在も名前だけのもの。すなわち過去／現在の区別はゼロの汎神論の哲学である唯名論において原理的に否定されてしまう（『海辺のカフカ』で十五歳の佐伯さんが平気で現在の世界に出現し、カフカ少年と自由に交わることが許されたのも、この意味での時間の否定が実現したからこそでした）。

そして、同じことはまた、「現在」と「未来」の関係についてもあてはまります。

「空性論」の哲学者ナーガールジュナは「諸法空相」（存在するものはすべて空性を特質とする）を説くいくつもの著作を後世に伝えましたが、同時に先鋭な時間解体論を展開した人物としても知られています。

かれは、時間について、「世界＝関係のネットワーク」の観点から「空性論」の理論書のなかでつぎのように語ります。

> 過去・現在・未来は相互依存関係として成立し、時間は実体として一切成立しない。
>
> 『空七十論』

したがって、

これら三つの時間は実体としてあるのではなく、思惟のなかにのみ存在する。　同前

『1Q84』のなかの二つの時間（この場合は、「現在A」／「現在B」）もまた、「ゼロ」の名のもとに一元論的に仮想化《バーチャル》される。時間がそうであるならば、人間をはじめとする生き物（衆生）、月や太陽などの無機物をふくむ宇宙に存在する一切の空間的なものもまた――すべては人間の「思惟」の産物にすぎないがゆえに――あらゆる形での発生（＝出現）が可能であると同時に不可能な仮想の存在になり果てることになる。

それはまさに、「あると思えばある、ないと思えばない」という仮名《けみょう》の哲学とそれを受け入れた仮想世界、遊戯《ゆげ》の世界そのものです。

これが「空性論」の実現させる世界です。

このことの機微については、世界を関係のネットワークとみなす立場に即して、ナーガールジュナの別の「空性論」の理論書ではこうものべられています。

相互依存関係によって発生するものは影像のようなものであり、実体を欠いている（＝空である）。　『六十頌如理論』

この理論書によると、「相互依存関係による発生」に実体主義的な発生と消滅などあり得ない。ここで仮に人がそのような認識をもてるならば、

それこそが（その者にとって）現世における涅槃であり、なすべきことがなされたということである。　同前

このように、あらゆるものに関して、その実体レヴェルでの「発生」と「消滅」――人生でいえば「生」と「死」――の不可能であること、それを知ることが仏教のさとり、つまり涅槃の獲得であることはすでに以前の章でのべました。

実体主義的な一元論のはずが……

インド仏教がその発展のなかで「空性論」的な唯名論とは逆に、時間的・空間的なレヴェルを問わず、一切の対立してみえるものを実体主義的な一元論にもとづく「一なるもの」の二つのあらわれとして考える密教的な世界観を誕生させたことは、第八章の末尾で記した通りです。

それは、歴史的には、インド仏教の「ヒンドゥー教化」の流れの完成ともいうべき世界観だったわけですが、もし教祖がこのインド仏教の演じた妥協的な変質、密教的な一元論に最後まで忠実でありつづけたならば、それは、小説『1Q84』の世界のメカニズムの説明をよく支えたにちがいありません。ところが、かれは何を思ったかその有利な立場を途中で放棄してしまう。

密教的な世界理解が「現実のパラレル・ワールド」を擬似科学風に支える世界観そのものとしてはたらくことについては第八章の末尾でふれましたが、青豆も１Ｑ８４へきた当初はこの形のパラレル・ワールドを疑ったようです（１Ｑ８４に送りこまれた当初の彼女の発言を参照）。

ところが、夜のホテルで青豆に実際にそのことをたずねられた教祖は、ここへきてなぜか思わせぶりに「肩を小さく震わせて」笑うと答えるのです。

君はどうやらサイエンス・フィクションを読みすぎているようだ。いや、違う。ここはパラレル・ワールドなんかじゃない。あちらに１９８４年があって、こちらに枝分かれした１Ｑ８４年があり、それらが並列的に進行しているというようなことじゃないんだ。

何でも教祖によると、時間の「線路」が切り替わった結果「１９８４年はもうどこにも存在しない」（傍点原文）。そのため、だれも元の世界にもどれないことは明らかなのだという。

これは一見したところ、読者において当然予想されるＳＦ的な「先入観」の発生をいわば先手を打つ形ですかさずつぶした発言のようにもみえます。しかし、結果としては、青豆と天吾が最後は元の世界への脱出に成功してしまうことにより、自己言及的にみずから墓穴を掘るという意味不明の空振りに終わっています。

しかもそれだけではありません。教祖は、かれの主張によれば、実の娘の絵里子をふくむ教団の少女たちを犯したということになっている。そのうちの一人はつばさという名の女の子で、事実、彼女は絵里子と同様に教団を逃げだして緒方夫人に保護されている。

ホテルの対決の箇所では青豆がこの一件をめぐって教祖の非道ぶりを詰問する場面がでてきますが、村上はそこで二人にこんな会話をかわさせています。


「……あなたは自分の娘をレイプした」

「交わった」と彼（教祖）は言った。「その言葉の方が実相により近い。そしてわたしが交わったのはあくまで観念としての娘だ」……

「しかしつばさちゃんの子宮は現実に破壊されていた」……

「君が目にしたのは観念の姿だ。実体ではない」……

「観念が人の姿をとって、歩いて逃げてきたということですか？」

「簡単に言えば」（傍点原文）

どうでしょうか？　ここには、明らかに教祖が最初に強調していたはずの「現実は実体において一つ」という実体主義的な一元論とは別の前提が持ち込まれていることがわかるでしょう。つまり、「実体を欠いた抽象概念」が歩き回る『海辺のカフカ』と同様の唯名論的なアプローチ（=仮想世界のアプローチ）と同じアプローチのもとに少女たちのレイプや逃亡の話が組立てられていることがわかるでしょう。

唯識論的なアプローチ

さらに、これも同じホテルの一室の場面。二人が火花を散らし合う際に、青豆が１Ｑ８４の「二つの月」を問題にするやりとりが登場する。すると教祖はこう答えるのです。


「……ここにいるすべての人に二つの月が見えるわけではない。いや、むしろほとんどの人はそのことに気づかない。言い換えれば、今が１Ｑ８４年であることを知る人の数は限られているということだ」

「この世界にいる人の多くは、時間性が切り替わったことに気づいていない？」

「そうだ。おおかたの人々にとってここは何の変哲もない、いつもの世界なんだ。『これは本当の世界だ』とわたしが言うのは、そういう意味あいにおいてだよ」（傍点原文）

その一方で、かれは、この世界において事実と仮説を隔てる一線について、

「その線は心の目で見るしかない」

などとも口にする。これなどはまさに、唯名論をベースにしながらもそれに修正をほどこした『ねじまき鳥クロニクル』で展開された唯識論の元となったプリミティヴな唯心論、「三界は虚妄にして但だ是れ一心の作なり」的なアプローチに立つとしか思えない発言でしょう。

要するに、『1Q84』の世界把握のアプローチはどこからみても支離滅裂なのです。

基本的には「現実はあくまで一つ」という実体主義的な一元論に立ちながら、これまでの村上の長編作品で用いた唯名論や唯識論のアプローチをほとんど見境なくつぎからつぎへと「集大成的に」ぶちこんだために、世界の構造の説明自体が穴のあいたバケツ状態になっている。

その困難な説明というかつじつま合わせの役目を一身に負わされた教祖の苦境は、読んでいてちょっと気の毒になるくらいで、結局、「こいつ、思わせぶりだけで生きている男じゃないのか?」という残念な印象をあたえる結果におわっている。

また、そんな教祖に対して「あなたもおそらくとても有能で優秀な人なのでしょう」などというよけいな台詞をわざわざ青豆にいわせることで、大切な主役まで一瞬道連れ的に品を暴落させかねないというひやひやさせられる危険な副作用まで生んでいる。

ただ、こう書くと支離滅裂が悪いように聞こえるかもしれませんが、そんなことはありません。

というのも、教祖の発言はその整合性の天才的なまでの欠如ゆえに1Q84をたしかに謎

（＝穴）だらけの存在に仕立ててはいます。が、正直言って、そんなことを気にする村上ファンは――私自身もふくめて――ほとんどいやしないからです。

整合性の欠如は悪くない

『1Q84』にかぎらず、村上の長編はいわゆる「オープン・エンド」形式、つまり謎が解かれずに放りっぱなしにされた形で終わることが多い（というより、この形式がむしろ普通）。

しかしこのいいかげんさこそはまさに村上エスクな（村上らしい）ところ――村上の小説（およびそのファンたち）にとって、謎解きはしょせん二義的な位置を占めるものにすぎません。重要なのは、呼びだされた数々の謎を前にした作者村上のみせる身振り、ムード自体の絶妙な語り口にあるからです。

早い話、思わせぶりを純粋に愛し楽しめないタイプの人は、村上のよい読者にはなれません。

パラレル・ワールドを「ここはパラレル・ワールドじゃない」と教祖に言い張らせた失策については、書評家で翻訳家の大森望とやはり書評家でライターの豊崎由美という愛情あふれる毒舌家コンビによる鋭い分析（『村上春樹〈1Q84〉をどう読むか』所収「対談〈1Q84〉メッタ斬り！」）があり、私がさきに示した見方などそれをそっくりふまえたものにすぎません。

また、この分析が披露された対談——BOOK2までが発表されていた二〇〇九年におこなわれたものですが——のしめくくりで、お二人はこんなことを語っています。

大森　整合性の取れた小説を書く作家なんて他にいっぱいいるんだから、考えなくて済む人は考えなくていいんですよ、全部謎が解けたからってどうって言うものでもないし。

豊崎　実際、実人生ではたいていの謎は解けないものですしね。

その通りでしょう。異世界物のファンタジー小説の本来の醍醐味は、理屈の通らぬ話を通らぬままにゴージャスにくりひろげてくれる潔さにあります。教祖の穴のあいたバケツ状態の「主張」は、まさにそれゆえにこのジャンルを好む読者にとって異世界物の「王道」に合致するものだったといえるでしょう。

ただ、『1Q84』には続編の構想もあったようですが、作品のあまりの整合性の欠如ぶりは、続編においても、「結局すべては頭のなかの出来事でした」という『世界の終りとハードボイルド・ワンダーランド』式のうっちゃりをくわせる方法をとらないかぎり、解消されずに終わる可能性が高かったかもしれません。

『1Q84』とハリウッド映画

『ねじまき鳥クロニクル』は唯識論的な世界解釈のアプローチを正面から用いたものでしたが、これに対して『1Q84』は「現実は一つ」という作品の冒頭に登場する謎めいたタクシー運転手や教祖の当初の発言がしめすように、「一なるもの」の実体主義的な密教的世界観を基本に組み立てられた小説でした。

この密教が「空性論」のあまりの底抜けぶりに対するインドの人々の警戒心から、あるいは「凡人」の救済策として最終的には生まれた産物だったこと、そこでの最大の危惧が「空性論」がもたらした最も過激で危険（とかれらが感じる）帰結としての輪廻の否定にあったこともすでに記した通りですが、この『1Q84』を読んだときに一つ面白かったのは、これが村上春樹の書いた長編のなかで初めてこの輪廻を登場させる作品になっていることです。

もっとも、『ねじまき鳥クロニクル』でも、綿谷ノボルにおける、超個人的な瀑流《ぼる》を通した肉親を媒介とする歴史的な「暴力の相続」は語られてはいましたが、それはあくまで抽象的なレヴェルの話にとどまり、「生まれ変わり」という正面切った形はとりませんでした。『1Q84』のBOOK3の前編、そこでは自分は天吾の母親の生まれ変わりだと匂わせる――ただし、例によって「そうかもしれない。そうじゃないかもしれない」という思わせぶり付きで――看護婦の安達クミに誘われて、天吾が彼女とともに一夜を過ごす場面がでてきます。

その若い看護婦と二人でベッドの中に入っていても、天吾は性欲を感じなかった。安達クミの方もとくに性欲を感じているようには見えなかった。彼女は天吾の身体に手を回し、ただくすくす笑っていた。

この箇所は『バック・トゥ・ザ・フューチャー』の第一作目で過去にもどった主人公がその事情を知らない若い頃の母親に誘われて、彼女とキスをする。すると母親が「変ね。兄弟とキスしているみたいに何も感じないわ」と首をひねる場面を思い出させます。

映画といえば——話が脱線しますが——『羊をめぐる冒険』の執筆にあたっては、村上は〈鼠〉が生きているのか死んでいるのか自身最後まで見当がつかないまま書きすすめたと回想しています。

ハンフリー・ボガートとイングリッド・バーグマンが主演した『カサブランカ』——バーグマンが元の恋人の酒場の主人のボガートと反ナチの闘士の現在の恋人との間で揺れ動く物語ですが、なんでも脚本が遅れたせいでラストでどちらの男につくのかバーグマン自身にも最後までわからず、結局どっちに転んでもいいように曖昧な表情を作っていたのがあの「神秘的な表情」を生む結果になったという話があります。まさに創作という行為のもつギャンブル性を伝えてあますところのないエピソードでしょう。

「空性論」は村上の地

村上は、河合隼雄との対談などを読むと『ねじまき鳥クロニクル』の執筆の間もやはり五里霧中状態だったようですが、この手探りぶりが明らかに作品の先の見えない面白さにつながっていました。

ただ、その一方、『1Q84』の暗中模索ぶりについていえば、むろん最後にはまとめられるという自信はあったのでしょうが、物語も後半に入ったBOOK2の後編、天吾が自分をとりまく情勢をかえりみて、

すべてが混沌としている、……解答への最短距離をなんとか見つけなくてはならない。時間は制約されている。そして与えられた答案用紙のスペースはあまりに狭い。

と考えるくだりなどは、ほんの一瞬「話の風呂敷を広げすぎた」感に襲われた村上自身の代弁のように、私には聞こえました。

最後に、村上が『1Q84』で密教的なアプローチにたよった理由についてですが、これは、密教系カルトの教祖——一見したところあの麻原を連想させる——を描くための意図的な選択だったというわけではないでしょう。

結論からいえば、ただの偶然の一致にすぎなかったのではないか。

『ねじまき鳥クロニクル』（一九九五）は唯識論の世界解釈のアプローチを大胆に採用して書かれ、これに対して『1Q84』（二〇〇九〜二〇一〇）の方は密教的なアプローチをとることになった。

『ねじまき鳥クロニクル』の唯識論の場合は、村上が作品中に用いたいくつかの特徴的な言葉遣いから、執筆の際に資料として参照された学者などによる唯識仏教の邦語文献の書名が具体的に特定できるほどです。だが、『1Q84』にかぎっては、そこで展開される世界解釈が意図的に密教を下敷きにしたと推定されるほどの明確な形跡は見うけられない。

要するに、村上は、それまで長編で書き連ねてきた「空性論」的な世界幻影論とそれにもとづく「現実」／「夢」の二項対立の廃棄を用いた異世界物のパターンに食傷したのではないか。

そのあげく選んだ「現実は一つ」のアプローチがたまたま「空性論」の底抜けに問題を感じてさまざまな形で実体化の挑戦の機会をうかがいつづけたインド仏教史の流れ——「唯識論」「仏性論」「密教理論」等の形で具体化した——の一つと合致することになった。私にはそんな風に思えます。

そして、それだけに、つまり村上がその仏教思想史との合致を少なくとも明確には自覚していなかったと思われるぶん、村上と仏教を結ぶ親和性の「根っこ」はかえって深いと感じざるを得ないのです。

私は、第二章で、村上作品は一貫して「『風』の歌を聴けと迫りつづけている」という文芸評論家の伊藤氏貴の論考の言葉を紹介しました。

伊藤がそこで「『ハルキ』的空気」を作品に醸成してやまないとする「風」とは無常のメタファーですが、このブッダ以来の無常の教えをナーガールジュナが理論化したものが空性論でした。

「空性論」は村上春樹というすぐれた作家の体質的な「地」だとまえに書きましたが、「空性論」（そしてその発展型としての「唯識論」）の世界観に沿った作品を次々と発表した村上がそれを「集大成的」に引き継いだ作品が『1Q84』だったとするならば、そうした「地」が目立つ形で露出しなかったらむしろ不思議だったといえるでしょう。

密教的アプローチの後には

密教は歴史上存在した最後のインド仏教でした。それは仏教のヒンドゥー教化現象の完成形態ともいうべきもので、結局仏教はインドではヒンドゥー教と見分けがつかなくなるというほとんど自殺的な形で滅びてしまった。皮肉なことに、以後は空性論・唯識論・密教をいわばパッケージにする形でその発展の新しいにない手を東南アジアや中国、日本をはじめとする東アジアの国々など、広く国外にゆだねることになる。

では、そんな、「空性論」→「唯識論」→本格的な「密教」というインド仏教の歴史を自身の意図とは無関係にたどることになった村上の作品の流れの方はその後どうなったでしょうか？　密教がその誕生の地で滅びた後のように、仏教の新展開をめざして果敢に外へ足を踏みだしたでしょうか？　あるいは仏教的な世界を廃棄するあっと驚く勇ましい「裏切り」に打って出たでしょうか？

こうしたことをふまえて考えると、『1Q84』で密教的アプローチをとった村上がその三年後に発表した『色彩を持たない多崎つくると、彼の巡礼の年』——これほど興味深い作品はありませんでした。

というのも、この長編小説は、言葉の正しい意味での先祖返り、なんと、

「名前」
「形あるもの」
「つくられたもの」

という初期仏教の三大キーワードをそのまま作品のキーワードにする作品だったからです。

それは文字通り村上春樹の「環境」としてのおしゃか様のてのひらと呼ぶにふさわしい、ぐるりと回って出発点にもどる村上の回転木馬の歴史レヴェルでの完成ともいうべきものでした。

最後の第十二章では、そのことをこの最新の長編に即して論じながら本書の結びとしたいと思います。

第十二章
色彩を持たない多崎つくると、甘美なる涅槃への旅路

文字通りの先祖返り

『色彩を持たない多崎つくると、彼の巡礼の年』――この風変わりなタイトルをもつ作品は、二〇一三年の四月に発表された村上の最新長編です。

世界文学としての春樹作品にふさわしく、発売と同時に全国の村上ファンクラブの支部、書店の新刊書コーナーを中心に例によってお祭り状態になりましたので、TVのニュースなどでおぼえている方もいるでしょう。

私は、たまたま発売直後にある本（『村上春樹「色彩を持たない多崎つくると、彼の巡礼の年」をどう読むか』）で文芸批評家の方々とならんで批評を書く機会を得たのですが、読みながら最初に印象的だったのは――さきにのべたように――村上春樹が作品のなかで演じた先祖返り、仏教発足時のまさに原風景が作品の世界そのものになっているという点でした。

作品自体の形式としては、一読してわかるように、村上にとっては『ノルウェイの森』以

来久々の本格的なリアリズム小説となっています。

作者自身も認める村上作品の主流であるファンタジー物で大々的にくりひろげられてきた異世界やパラレル・ワールドをめぐるスペクタクルも、ここでは影をひそめています。

なるほど追い払うべき魔神は登場しますが、それもとりあえず形のうえでは「過去の絶交事件の濡れ衣」という、『ねじまき鳥クロニクル』の怪人物・綿谷ノボルや『1Q84』の世界の闇の歴史をあやつる異形の生き物である「リトル・ピープル」などにくらべれば、かなり小ぶりで地味なものになっています。

小説の表面上の物語の中心は、主人公の多崎つくるが恋人の木元沙羅という年上の女性のさりげなくもアグレッシブなサポートのもと、この魔神をいかに払いのけ、再生の糸口をつかむかにおかれています。


多崎つくるは東京の電鉄会社につとめる三十六歳の鉄道関係の設計士。駅舎の設計に何よりも喜びを感じ、生き甲斐としている。つくるは、大学二年生の夏、ある悲劇に見舞われることになった。それまで親しくつき合ってきた四人の名古屋の高校時代の友人たちから突然、「我々はみんなもうお前とは顔を合わせたくないし、口をききたくもない」と一方的に絶交を告げられたのだ。

奇妙なことにこの四人の名前にはそれぞれ多崎つくるの名前にはないもの、白・黒・赤・青という「色」が一字ずつふくまれていた。

奈落の底に突き落とされ、一時は「死の入り口」をさ迷うまでに追いつめられたつくるだったが、やがてどうにか立ち直り、大学卒業後には小さい頃から好きだった鉄道に関わる職につく幸運を得た。鉄道、なかでも駅のたたずまいはいつも、内気なつくるの心の傷を穏やかになだめ、癒してくれた。

彼は他の人々がコンサートに行ったり、映画を見たり、クラブに踊りに行ったり、スポーツを観戦したり、ウィンドウ・ショッピングしたりするのと同じような感覚で鉄道駅を訪れた。時間が余って何をすればいいのか思いつかないとき、よく一人で駅に行った。気持ちが落ち着かないときや、何か考え事があるときにも、足は自然に駅に向かった。……

たぶん世界中どこでも、鉄道駅の運営される手順は基本的に変わりない。正確で手際の良いプロフェッショナリズム。その様子は彼の心に、自然な共感を呼び起こした。自分は正しい場所にいるのだという確かな感覚がそこにはあった。

「赤」「青」「黒」の明かしたレイプ疑惑

そんなつくるにとって手に入れた駅の設計士の仕事が天職に感じられたのは自然な話といえた。

恵まれた仕事に打ちこみながら「薄い膜のようなもので感情を幾重にも包み込み」ながら

心の傷を封じ込める習慣をみずからに課して「仮面」の生活を送って三十代の半ばを越えたつくるだったが、そんなかれにある日思わぬ転機がおとずれる。それは、旅行会社に勤務する二歳上の木元沙羅との偶然の出会いだった。つくるは、一目見たときから彼女にいままで出会ったほかの女性にはない魅力を感じている自分を発見した。

最初に沙羅に会ったとき、どこかから延びてきた匿名の指先によって、その背中のスイッチがしっかり押し込まれた感触があった。……覚えているのは背中のはっとする感触と、それが彼の心身にもたらした、言葉ではうまく表現できない不思議な刺激だけだ。

沙羅は、つくるの口から十六年前に起きた謎の絶交事件を知って驚く。彼女はその事件の真相、つくるが四人の友人に「なぜそこまできっぱり拒絶されたのか、されなくてはならなかったのか、その理由」をみずからの手で明らかにすべきだと強く勧める。そして戸惑うつくるにだめを押す。

「あなたは……過去と正面から向き合わなくてはいけない。自分が見たいものを見るのではなく、見なくてはならないものを見るのよ。そうしないとあなたはその重たい荷物を抱えたまま、これから先の人生を送ることになる」

そして、沙羅は、つくるに有無をいわさぬ不思議な行動力でたちまちかつての友人の現在の住所を調べあげてくる。彼女の報告によると、「赤」「青」「黒」の名をもつ友人は三人すべてが存命していたが、ただ一人「白」こと白根柚木だけは六年前に死んでいた。沙羅は彼女の死の理由についてはおしえようとせず、つくるが自分で調べるようにといった。

「……それ（絶交）からもう十六年以上が経っているのよ。あなたは今では三十代後半の大人になっている。そのときのダメージがどれほどきついものだったにせよ、そろそろ乗り越えてもいい時期に来ているんじゃないかしら？」

と沙羅はいった。こうしてつくるは三人の旧友を訪ねる旅におもむくことになる。「赤」と「青」の住む故郷の名古屋へ、さらに「黒」こと黒埜恵理の住むというフィンランドへ。それはつくるの、自分をうちのめした絶交事件の真相を探り、苦しみのなかで心の奥底に封印したものからの「自由」を手に入れるための巡礼の始まりだった。

つくるは古い手帳に残しておいた四人の名前に目をこらした。

赤松慶（あかまつけい）

青海悦夫（おうみよしお）
白根柚木（しらねゆずき）
黒埜恵理（くろのえり）

そこに並んだ四人の名前をいろんな思いと共に眺めていると、既に通過したはずの時間が、彼の周囲に立ち込めてくる気配があった。その過去の時間が、今ここに流れている現実の時間に、音もなく混入し始めるのを感じた。ドアの僅かな隙間から、煙が部屋に忍び込んでくるみたいに。それは匂いを持たない、無色の煙だった。

「私は個人的にその人たちに興味があるの。その四人についてもっとよく知りたいの。あなたの背中に今でも張り付いている人たちのことを」

沙羅の言っていることはおそらく正しい。つくるはベッドに横になってそう思った。その四人は今でもまだ彼の背中に張り付いている。おそらくは沙羅が考えている以上にぴったりと。

このように、恋人の木元沙羅のイニシアチブのもと、過去にまつわる地獄巡りにも似た旅の人となった多崎つくるだったが、その結果つかむことになった事件の真相はかれにとって意外なものだった。十六年前、「白」こと白根柚木がつくるにマンションの一室で薬を飲まされてレイプされたと「赤」「青」「黒」の三人にむかって涙ながらに訴えたというのだ。ただし、柚木はこのとき明らかに精神の病を患っていた。
「赤」も「青」も「黒」も、心の奥底では「白」の言葉を疑いつつも、崩壊の瀬戸際にある彼女の心を守りたい一心からつくるを切り捨てることにした。要するに、つくるは、虚偽の申し立てにより濡れ衣を着せられることになったというのだ。
「黒」こと黒埜恵理は、あの頃の柚木（「白」）には「悪霊がとりついていた」とつくるに語った。事実、柚木は六年前、まるでその見えない悪霊に喰い尽くされるように正体不明の何者かによって絞殺される悲惨な最期をとげていた。

「あの子には悪霊がとりついていた」、エリ（黒埜恵理）は密やかな声で打ち明けるように言った。「そいつはつかず離れずユズ（柚木）の背後にいて、その首筋に冷たい息を吐きかけながら、じわじわとあの子を追い詰めていった」

内なる濃密な闇

いまはフィンランド人の夫をもつ黒埜恵理は、つくるにむかって悪びれることもなく告白した。「君を切り捨てたことは言うまでもなく、私たち全員にとって心の傷になっていた。その傷は決して浅いものではなかった」と。

恵理は、「赤」や「青」と一緒につくると絶交したあとも「白」こと柚木の面倒を見つづけた。が、そのあげく、自分は時の経過とともに重荷になった柚木から逃れるためにフィンランドへきたと語った。

「結局のところ私はユズ（柚木）を置き去りにしてきたのよ。私はなんとかして彼女から逃げ出したかった。あの子にとり憑いているものから、それがなんであれ、できるだけ遠く離れたかった」

その後、柚木が死んだと聞かされたときは、自分が彼女を殺したように感じた、と恵理はつくるに打ち明けた。それはいまの自分の気持ちそのものだ、とつくるは思った。

自分の心の中にいったいどんな濃密な闇が潜んでいるのか、つくる本人にも見当はつかなかった。彼にわかるのは、ユズの中にもおそらくユズの内なる濃密な闇があったに違いないということだ。

つくるは恵理の部屋で、キャビネットの小さなステレオ装置から流れる、柚木が高校時代に好んで弾いたリストのピアノ曲にじっと耳をすませる。そして突然、巡礼の果ての回心の時が襲いかかるようにおとずれたのを感じる。

そのとき彼はようやくすべてを受け入れることができた。魂のいちばん底の部分で多崎つくるは理解した。人の心と人の心は調和だけで結びついているのではない。それはむしろ傷と傷によって深く結びついているのだ。痛みと痛みによって、脆さと脆さによって繋がっているのだ。悲痛な叫びを含まない静けさはなく、血を地面に流さない赦しはなく、痛切な喪失を通り抜けない受容はない。

つくるの口から沙羅とのいきさつを聞き出した黒埜恵理は、何があっても沙羅を手放してはいけないと言った。そしてつくるをはげました。

「まず駅をこしらえなさい。彼女のための特別な駅を。用事がなくても電車が思わず停まりたくなるような駅を。そういう駅を頭に想い浮かべ、そこに具体的な色と形を与えるのよ。そして君の名前を釘で土台に刻み、命を吹き込むの。君にはそれだけの力が具わっている」

こうして、色彩を持たない多崎つくるの巡礼の旅は終わる。ヘルシンキの街を気持ちを整理するために歩き回ったつくるは、フィンランドから、渋滞に満ちた自分の人生の「キーをまわし、もう一度車のエンジンを入れる」ために東京に帰る。

物語は、沙羅に求婚することを決意したつくるが新宿駅の雑踏で時を過ごしたあと、部屋で眠りにつく場面で閉じられる。

彼は心を静め、目を閉じて眠りについた。意識の最後尾の明かりが、遠ざかっていく最終の特急列車のように、徐々にスピードを増しながら小さくなり、夜の奥に吸いこまれて消えた。あとには白樺の木立を抜ける風の音だけが残った。

初期仏教のキーワードが出揃う

さて、この小説には二つの「魔神」が登場します。

一つは、これまで見た通り、「白」のレイプ事件をめぐる濡れ衣という「魔神」です。だが、実際に本を手にとりページをめくりだすうちに、その印象は変化をきたす。多崎つくるにとりついた「魔神X」、作者村上がおそらく想定していなかったもう一つの魔神が最初の魔神をしだいに押しのけてせりあがり、いやでも読者の目を奪うことになるからです。

それは、多崎つくるという自他ともに認める内向的な男を振り回す、病的な偏執と呼びたくなるほど強烈そのもののナルシシズム、「自分という人間」へのこだわりという厄介きわまる「魔神」でした。

たとえば、自分の「多崎つくる」という名前について。友人たちの名前には「色」があったが、自分の名前にはなかった。普通の人間の感覚であれば、だからなんなんだ？　と片づけるところでしょう。ところが、たったそれだけのことが多崎つくるというこの名古屋男には「微妙な疎外感」をあたえてしまうのです。こんなふうに。

自分の中には根本的に、何かしら人をがっかりさせるものがあるに違いない。色彩を欠いた多崎つくる、と彼は声に出して言った（傍点原文）。

驚くべき偏執というしかないわけですが、とはいえ、そこには名前というものに寄せるかれならではの思いがはたらいていた。なぜなら、つくるにとっては名前こそは一切のもの、あるいはすべてに先立つものにほかならなかったからです。つくるはその点の消息について自分の出生にからめてこんなふうに語ります。

暗闇の中でかろうじて呼吸をし、泣き声をあげる、三キログラムたらずのピンク色の肉のかたまりだ。まず名前が与えられた。そのあとに意識と記憶が生まれ、次いで自我が形成された。名前がすべての出発点だった。

そう、こうして自分の名前にあたりまえのように埋め込まれた「欠陥」ゆえに、「僕は昔からいつも自分を、色彩とか個性に欠けた空っぽな人間みたいに感じてきた」

とつくるは「青」に告白するのです。

村上はまた、別のところではつくるに自分を「空っぽの容器」というこれまたミもフタもない言い方でも呼ばせています。

大乗仏教が「空性論」をその中心理論として発展させたことはこれまでたびたびふれてきました。

それは、くりかえし論じた通り、「あらゆるものは名前だけ」という哲学的には唯名論の特質をもつ思想でした。

ただ、それは――あらゆる「革新的」といわれる思想についていえることですが――虚空から花をひねりだすようになんの前史ももたずにいきなりインドの仏教思想史のなかに誕生したものでありませんでした。

大乗仏教で大輪の花を咲かせた唯名論の「土壌」、それはすでにブッダの生まれたウパニシャッド時代に姿をみせており、この頃活躍したウパニシャッドの哲学者たちはわれわれの知覚する環境としての世界を、

名前とかたち（ナーマ・ルーパ）

と呼びました。

そしてこの「かたち」「形あるもの」をさす「ルーパ」の語を見た中国人は、これに「色」

という字をあてて漢訳した。

これが『般若心経』の「色即是空」にもある「色」ですが、この「色」は仏教の心身論（＝自我論）においてやがて自己の一部としてのわれわれの身体の意味で用いられるようになります。

もちろん「形あるもの」をあらわす言葉はこの「色」だけではありませんでした。

古代の仏教徒たちは「形あるもの」を、一方では、古いインド語でサンカーラ、

「つくられたもの」（漢訳名は「行」）

とも呼びました。これがおなじみの「諸行無常」にいう「行」です。このように「諸行無常」は本来は「あらゆるつくられたものは無常である」という意味の文句でした。「無常」が「空」のもう一つの名であることはまえにものべましたが、「あらゆるつくられたもの」とは環境としての「形あるもの」、すなわち世界そのものの別名にほかならなかったわけです。

孤独だったつくるは大学時代に灰田という友人を得ました。かれはこの灰田とこんな会話をかわします。

「つくるさんは、何かを作るのが好きなんですね。名前どおりに」

「形のあるものを作るのは昔から好きだったよ」

多崎つくるにとって生きるとはまさしく「ものをつくる」こと。あるいは、「ものをつくる」ことに熱中していられるときだけがかれがかろうじて自分が自分でいられる瞬間なのでした。

こうして、ここに、

名前
形あるもの
つくられたもの

という仏教徒にはおなじみの初期仏教の「世界」をめぐる三大キーワードが出揃うことになります。

そしてそれらは、この作品自体のキーワードにもなっている。自分の名前に特有の執着をみせる多崎つくるのちょっと風変わりな物語がこれら初期仏教のキーワードをめぐる話として構想され書かれていることがわかるでしょう。

しかも『色彩を持たない多崎つくると、彼の巡礼の年』とタイトルにある通り、主人公の多崎つくるはそこで初めから「色」、すなわち身体なるものの名ばかり的性格、「本来的不在」を体現した人物として描かれています。そしてかれはまさに「迷い」としてのこの身体にふり回されることになる。

つくるは鏡の中の自分を見つめる

また、それだけではありません。ここで面白いのは、多崎つくるにとっての「駅」の存在です。

すでにふれた通り、つくるは駅に「具体的な色と形」をあたえてゆくことを天職と感じています。つくるは、暇さえあると、列車がたえまなくすべりこむ駅のベンチに坐り、「次々にやってきて無数の人々を吐き出し、また無数の人々を慌ただしく呑み込んで去っていく」車両の姿をながめて過ごす。

> かれはそのあいだ何も考えず、ただその光景を無心に目で追っていた。その眺めは彼の心の痛みを和らげてはくれなかった。しかしそこにある反復性はいつものように彼を魅了し、少なくとも時間に対する意識を麻痺させてくれた。人々はどこからともなく引きもきらずやってきて、自主的に整った列を作り、順序よく列車に乗り込み、どこかに運ばれて行った。かくも多くの数の人々が実際にこの世界に存在していることに、つくるはまず心を打たれた（傍点原文）。

駅はつくるに「自分は正しい場所にいるのだという確かな感覚」を与える、世界とのつながりを回復する場所として描かれています。

ここでは、鉄道が関係のネットワークとしての世界の、駅がその結節点としての自己の比喩を託されていることは明らかでしょう。

つくるはフィンランドで、駅をつくれとそそのかす黒埜恵理にこう打ち明けます。

「……僕は自分が工事を担当した駅の一部にいつも、自分の名前を入れているんだ。生乾きのコンクリートに釘で名前を書き込んでいる。多崎つくるって。外から見えないところに」

この秘密の悪戯の告白には、駅なるものがつくるにあたえる慰藉《いしゃ》、それこそはかれのもつ病、「我執」の証しであることが鮮やかに示唆されています。

おそらく村上の長編小説のなかでこれほど「我執」の問題をそれ自体としてときにわいせつなまでに生々しくテーマ化した作品はなかったといえるでしょう。そこでの自己否定の強さはそのあまりの絶対化ゆえにほとんど相田みつをの世界に近づいた。むしろ「自我の相対化」に成功しているのは――村上の形容を借りれば「ベタッと迫ってくる」はずの――相田の側じゃないかという印象すらあたえるほどです。

この意味で、この最新作は、これまでの超然とした透明感あふれる村上春樹を好む人、あるいは村上の真骨頂ともいうべき水しぶきをかわすスタイリッシュな綱渡りにどうしても魅せられたいファンたちには、いささか不満の残る作品となったかもしれません。

ところで、執着といえば、鏡に対する村上の偏愛ぶりについては、第十章の冒頭でこれまでの諸作品のなかから文例を引いて論じたところです。

鏡はいずれの場合も自己の無力さを確認するための重要な小道具として使われていたわけですが、本作品でもやはり多崎つくるが絶交の通告をうけたあとで全裸で鏡の前に立つ場面がでてきます。

……彼は鏡に映った自分の裸身を、いつまでも飽きることなく凝視していた。

なんとなく鬼気迫る情景ですが、そこに映し出されたのはやはり、絶交されたショックで「すっかり痩せ細った」「老人の死体」のようになり果てている自身の姿です。

おれは本当に死んでしまったのかもしれない、つくるはそのとき何かに打たれるようにそう思った。去年の夏、あの四人から存在を否定されたとき、多崎つくるという少年は事実上息を引き取ったのだ。……

こうして鏡に映っているのは一見して多崎つくるのようではあるが、実際はそうじゃない（傍点原文）。

この小説を読んでだれもが疑問に思うことが一つあります。それは、なぜつくるは絶交を告げられたときに直接四人と会ってさっさとその理由をたずねなかったのか？　ということです（豊崎由美は、前出の大森望との『村上春樹〈色彩を持たない多崎つくると、彼の巡礼の年〉をどう読むか』所収の対談で「まあ、そういう繊細な人もいるんでしょうよ」とこの点について語っていました）。しかしこれは他人に否定されてしまう自分をだれよりも愛していたからだというほかない。

おそらく否定のナルシシズムは村上にとって作話上の無理を犯してまでどうしても描きたい、生きていくうえで空気のように欠かせない何かなのでしょう。とするならば、読者としてはそうした疑問にはあまり深入りせずに六十代半ばに達しつつもなお盛んでありつづける村上の否定を通しての自己愛の一挙大放出を楽しむべきなのです。

沙羅双樹の足元の涅槃

それにしても、多崎つくるという人物は厄介な性格の持ち主だといえます。

相田みつをに、

この自我

この我執
おれと一生
つき合う相手

なにもかも
中途半ぱな
わたしだが
自我の根ッ子のふかいこと
――死ぬまでのびつづけるもの、それは私の自我の根じゃないかと思います（傍点原文）。

『生きていてよかった』

という味わい深い詩と自己省察の一文があります。
仏教の実践用語では「無我」の反対語は「我執」ですが、とにかくこの多崎つくるの「無力な自己」への執着ははんぱじゃないというか、ときに目をそむけたくなるほど頑固で癒しがたいものです。
少年のような一人相撲というか、とにかくこの三十男は肯定形の自己愛（「駅」への関心が象徴する）と否定形の自己愛（「鏡」に映る無力な裸身への執着が象徴する）の二つの間で朝から晩まで引き裂かれ、一人でふらふらになっている。

このつくるのほとんど神秘的なまでの大葛藤ドラマのとばっちりをもろにくらった被害者がつくるの分身ともいうべき灰田という青年で、かれはつくるが見た不気味な性夢のなかに登場させられ、放出されたつくるの過剰自我——精液です！——を口でうけるという世にも悲惨な役目を押しつけられています。

まあ、作中の人物にどんな仕打ちをさせようが作者の自由とはいえるものの、いくらなんでもこれではあんまりだという気もします。

また、この小説には灰田の父親の知人という設定で緑川という面白い脇役がでてきます。死を間近にひかえた四十代のジャズピアニストで、死を受け入れることで「末期《まつご》の眼」を克ち得た人物として描かれています。

ブッダが死後の世界についての言説を「死んでみなければわからない」という不可知論の立場から控えたことは、すでにのべました。

この緑川が、死後の世界をどう思うかとたずねられて、

それ（死後の世界）については考えるまいと決めた。……考えても知りようのないことは、また知っても確かめようのないことは、考えるだけ無駄だというものだ。

と答えているのは、正確にブッダの経験主義的な不可知論を引き継いだものです。

もっとも、これは仏教、少なくとも禅宗ではほとんど常識ともいえる立場で、たとえば相

田みつをも、

〈あの世〉というものが
あるのかないのか？
〈閻魔さま〉がいるのか
いないのか？
私にはなんともわかりません

『生きていてよかった』

とのべたうえで、むしろ大事なのはどう生きるかだという意味のことを語っています。

そして、こうした現世主義的な考えにもとづく「涅槃」が「生死へのとらわれから解放された境地」を意味する古い型の涅槃であり、それに対してもう一つの「死と引き換えに得られる安息」という意味の「涅槃」は歴史的に新しいもので、後者の型の「涅槃」の誕生のきっかけを作ったのがブッダの死だったこともすでに紹介した通りです。

ブッダは八十歳の年の旅の途中、病を得て一対の沙羅樹（沙羅双樹）の元で息を引き取ります。そう、沙羅樹です。ここまでくれば、木元沙羅の名前の由来は明らかでしょう。沙羅樹は仏教の神話的な樹であり、その足元にはブッダの死という安息があった。

つくるは、沙羅に運命の出会いをとげたとき「背中のスイッチ」が入った感覚があったとふりかえっているわけですが、入らないわけはないでしょう。

そのあと彼女が差しだしたであろう名刺の名前を見たときには、絶対に逃れられない自分を意識したのではないか。木元沙羅こそは、涅槃——すなわちあらゆる仏教徒にとっての最後の救済の体現者、生きた女神にほかならなかったからです。

話もここまでくると「おしゃか様のてのひら」云々をもちだすのも気がひけるほどですが、いずれにせよ村上春樹がみせた先祖返りは、この女神の名前に集約されているといってよいでしょう。

魔神Xの正体に気づくつくる

ところで、さきにも記したように、この小説は、表面上は、不条理きわまるレイプ疑惑という「魔神」にとりつかれ、世界との疎隔感の地獄におちいった男がそこからの再生をめざす物語にみえます。

だが、多崎つくるの物語は、時間とともに、本当の「魔神X」は主人公つくるの自己への偏執それ自体であること、レイプ疑惑という魔神は「魔神X」がもたらした傷を一層拡大し、つくるを「死の間際」まで追いつめることで一種のショック療法として逆にかれに再生への引き金をあたえたにすぎなかったことが作者の意図をおそらく乗りこえる形で読者に伝わってきます。

そしてつくる自身がこの「魔神X」の正体にじつはとっくに気づいていたことは、かれが少年時代を回想した際の文章がおしえてくれます。

目立った個性や特質を持ち合わせないにもかかわらず、……周囲の人々とは少し違う、あまり普通とは言えない部分が自分にはある（らしい）。そのような矛盾を含んだ自己認識は、少年時代から三十六歳の現在に至るまで、人生のあちこちで彼に戸惑いと混乱をもたらすことになった（カッコ内原文）。

また、絶交事件の真相を明かした黒埜恵理につくるはこうも告白します。

僕はこれまでずっと、自分のことを犠牲者だと考えてきた。わけもなく苛酷な目にあわされたと思い続けてきた。そのせいで心に深い傷を負い、その傷が僕の人生の本来の流れを損なってきたと。正直言って、君たち四人を恨んだこともあった。……でも本当はそうじゃなかったのかもしれない。僕は犠牲者であるだけじゃなく、それと同時に自分でも知らないうちにまわりの人々を傷つけてきたのかもしれない。

レイプの濡れ衣まで着せられた男がたとえ小説のなかとはいえ、正直、ここまでいい子になる必要はないのじゃないかという気もします。

そんなつくるを見て親切な恵理は沙羅を手放すなとつよくすすめます。

それに対して、つくるはこう応じます。

「でも、僕には自信が持てないんだ」

「なぜ？」

「僕にはたぶん自分というものがないからだよ。これという個性もなければ、鮮やかな色彩もない。こちらから差し出せるものを何ひとつ持ち合わせていない。……僕はいつも自分を空っぽの容器みたいに感じてきた。……時間が経てば経つほど、僕のことをよく知るようになればなるほど、沙羅はたぶんがっかりしていくんじゃないか。そして僕から遠去かっていくんじゃないか」

「つくる、君はもっと自信と勇気を持つべきだよ」……

「そう言ってくれるのは嬉しい」とつくるは言った。「本当にそう思う。でも……僕は三十六歳になったけど、自分というものについて真剣に考え始めると、昔と同じように、いや昔以上に途方に暮れてしまう」


どうでしょうか。三十代半ばを過ぎた男がいいかげんにしろといいたくなりませんか？これを読むと、さすがに日頃は威圧感ばりばりのマッチョが苦手な私までじれったくなって、

だが……

けれど……

でも……

男は使わぬほうがいい（「……」は原文）。　『生きていてよかった』

とか、あるいは、

つまづいたって
いいじゃないか
にんげんだもの　『にんげんだもの』

という相田みつをの詩と書を送りたい誘惑にも駆られたりします。

村上春樹の三つの輪

しかし、こんなふうであるからこそ多崎つくるには木元沙羅が必要だったのです。

思えば、つくるの失われた十六年は、木元沙羅という女性一人に出会うためにありました。つくるは沙羅以外ではだめでしょう。

もっとも、否定のナルシシストにとって、沙羅のようなきびしくあやすタイプは最も弱いものですし、つくるは——たとえ彼女への求婚に首尾よく成功したとしても——この沙羅という魅力的な超越的母権、天下無双の膝枕女の木蔭で主観的にはうじうじと、そのじつ甘美と呼ぶしかない自己否定に陶酔しながらまったりと余生を過ごすのではないかという気もします。

どうやら本書も終わりに近づいたようです。

村上春樹の世界には、一切はとどまることなく流れてゆくという仏教が説くヴィジョンがあります。

私は、本書を通じて、そのなかに「無限に開きながら、無限に閉じてゆく」論理的メカニズムの輪、そしてさらにセンチメンタリズムとナルシシズムの心理のメカニズムの堂々めぐりの輪という二種類の構造的な輪を見いだしました。

ここで、『色彩を持たない多崎つくると、彼の巡礼の年』に見てとれる村上のめざましい原点回帰――これをかりに歴史の輪と呼んでいいならば――この一見たがいに異なる三つはすべて右のヴィジョンそのものが生み出す産物、よりどころのない流れの意識そのものが人に強いる試練としての困難のようなものなのかという気もします。

一切のよりどころを欠いた世界を生きる厄介さ――それは、唯識論、仏性論、密教と次々と新機軸を打ちだしながら空性論と格闘した人々がインド仏教史に送りだした展開が何よりもよく示していたことはすでにのべた通りです。

『色彩を持たない多崎つくると、彼の巡礼の年』は、主人公が夜行列車の幻を追う場面で終ります。

始まりも終わりもない無明長夜《むみょうじょうや》の暗闇を「生」と「死」を点滅させながら疾走してゆく特急列車。そのとき窓に一瞬映ったいるかのようないないかのような人影。が、それさえも幻影にすぎないとわれわれが気づくとき、列車はテールランプの残像を小さく曳《ひ》いて去っています。

そしてそれが未来の漆黒の彼方に溶けこみ二度ともどらぬかと思えたそのとき、思いがけず風の何処かからささやく声が聞こえます。

過去・現在・未来は相互依存関係として成立し、時間は実体として一切成立しない。

『空七十論』

これら三つの時間は実体としてあるのではなく、思惟のなかにのみ存在する。

同前

時間もまたわれわれがみる大いなる幻影の一つにすぎない。そのささやきはあたかも、かつての二十九歳の新進作家の、たった今の旅立ちの初々しい息づかいを伝えるかのようです。

おわりに

本書は村上春樹の主要な長編小説を素材に、作品に表された作者の世界観と仏教思想との関わりを考察した書物です。

一九七九年に作家としてのデビューをはたした村上は、今日まで十三の長編小説を発表してきました。

そしてその三十数年間の作家としての営みは――あらゆる作家の例に漏れず――紆余曲折をへたものになりました。

たとえば、本書が初期の村上春樹の世界観を総括する作品として位置づけた長編大作『世界の終りとハードボイルド・ワンダーランド』。作者が得意の「パラレル・ワールド」の手法を大々的に駆使したこの作品には、「本当の安らぎ」に満ちた一種のユートピア世界が、「世界の終り」あるいは「街」の名で登場します。

それは主人公の意識がつくりだした、固定的な実体を欠いた「虚構の街」、かれの頭のなかにのみ存在する架空の異世界の別名にほかなりません。

そして、このミステリアスな異世界のなかで主人公たちが得た安らぎが、「心」も「自我」も「生死」もないその世界の特性として物語られるとき、それはにわかに『般若心経』の

「空」の世界との親和性を明らかにします。

ただし――ここが重要なポイントなのですが、――村上は、こうしてたどり着いた「色即是空」（『般若心経』の目玉スローガンです）の世界に安住することはありませんでした。

簡単にいえば、『世界の終りとハードボイルド・ワンダーランド』で「空」思想の全面的な展開に至った村上は、それ以後、そこからの離脱のための大格闘を演じることになる。

そしてこの大格闘――文字通りあらゆる思想的・文学的な試行錯誤をともなう――のプロセスのなかにおいてこそむしろ、「仏教作家」村上春樹の真骨頂が発揮されてゆくことになるのです。

周知のように、村上春樹は今日では「グローバル文学」の世界的なトップランナーの一人とみなされ、海外での高い評価がそうした見方にお墨付きをあたえています。

本書はそんな村上のイメージに慣れた人々には驚くような話ばかりがでてくるでしょうし、あるいは自他ともに認める熱烈なファンのなかには腹をたてる人もいるかもしれません。

しかしながら、そもそもの話、仏教的であることはそんなに悪いことなのでしょうか？

そういえば、ベストセラー『バカの壁』の著者で仏教思想にも明るい養老孟司が以前こんなことを書いていました。

日本人の抽象思考は仏教漬けになっている。

たしかに、いわれてみれば、「自由」をはじめ「相対・絶対」、「本質」、「自然」、「法」といった言葉はどれも元々は仏教用語ですし、これらの使用を封じたまま哲学的な議論をおこなうのは不可能でしょう。

しかも、われわれは、ふだん日常生活を送りながら仏教思想のおよぼすこうした拘束性をほとんど意識することはありません。ただその支配を自然に呼吸しているだけです。もっとも、そのことがかえってそれにもとづく思考法の拘束性の強さを示すことにもなるわけですが。

すぐれた文学作品はそれを生み落とした文化の精髄を映し出すまたとない「鏡」になります。

この意味で、村上作品がわれわれにもたらす楽しみは、単に文学的な快楽にとどまらない。作品につき合うなかで読者は、みずからの思考の特質を探る喜びをも得るにちがいありません。

本書はＷｅｂサイト「村上春樹と仏教」に掲載した長編評論「仏教と村上春樹」を改題し、内容に大幅に加筆したものです。

最後になりましたが、Ｗｅｂサイトの運営にご協力を頂いたメテオライト株式会社代表取締役の宗像純帆さん、同じく村上春樹をとりあげた前著の『ゼロの楽園』（二〇〇八）に続いてお世話になった、楽工社社長の日向泰洋さんに、この機会をかりて厚く御礼申しあげます。

二〇一六年一月末日

平野　純

［主要参照文献］

柄谷行人『終焉をめぐって』（講談社学術文庫　一九九五）
柴田元幸・沼野充義・藤井省三・四方田犬彦編『世界は村上春樹をどう読むか』（文藝春秋　二〇〇六）
『諸君！』二〇〇七年一月号（文藝春秋）
浅羽通明『アナーキズム』（ちくま新書　二〇〇四）
柘植光彦編『国文学解釈と鑑賞』別冊「村上春樹」（至文堂　二〇〇八）
河合隼雄・村上春樹『村上春樹、河合隼雄に会いにいく』（新潮文庫　一九九九）
村上春樹『職業としての小説家』（スイッチ・パブリッシング　二〇一五）
季刊『文藝』二〇一四年冬号（河出書房新社）
中村元・紀野一義訳註『般若心経・金剛般若経』（岩波文庫　一九六〇）
長尾雅人・戸崎宏正訳『般若部経典』大乗仏典第一巻（中公文庫　二〇〇一）
梶芳光運『金剛般若経』（大蔵出版　一九七二）
梶山雄一・瓜生津隆真訳『龍樹論集』大乗仏典第十四巻（中公文庫　二〇〇四）
梶山雄一訳『八千頌般若経Ⅰ』大乗仏典第二巻（中公文庫　二〇〇一）
梶山雄一・丹治昭義訳『八千頌般若経Ⅱ』大乗仏典第三巻（中公文庫　二〇〇一）
『日英仏教辞典（増補普及版）』（大東出版社　一九九九）
『コンサイス仏教辞典』（大東出版社　一九九八）
田村智淳訳『三昧王経Ⅰ』大乗仏典第十巻（中公文庫　二〇〇三）
田村智淳・一郷正道訳『三昧王経Ⅱ』大乗仏典第十一巻（中公文庫　二〇〇四）
Gyatso,Tenzin・the 14th Dalai Lama.『Essence of the Heart Sutra』（Wisdom Publications Boston 2002）
／宮坂宥洪訳『ダライ・ラマ般若心経入門』（春秋社　二〇〇四）

ダライ・ラマ十四世『ダライ・ラマ未来への希望』（大蔵出版　二〇〇八）
相田みつを『愛蔵版・にんげんだもの』（文化出版局　一九九八）
相田みつを『生きていてよかった』（角川文庫　二〇〇三）
Kayser, Wolfgang.『DAS GROTESKE』(Gerhard Stalling Verlag 1957)
／竹内豊治訳『グロテスクなもの』（法政大学出版局　一九六八）
鈴木育郎・秋葉剛史・谷川卓・倉田剛『現代形而上学』（新曜社　二〇一四）
村上春樹『回転木馬のデッド・ヒート』（講談社　一九八五）
中村元訳『ブッダのことば・スッタニパータ』（岩波文庫　一九八四）
荒牧典俊・本庄良文・榎本文雄訳『スッタニパータ（釈尊のことば）』原始仏典第七巻（講談社　一九八六）
宮坂宥勝訳『ブッダの教え・スッタニパータ』（法蔵館　二〇〇二）
村上真完・及川真介訳註『仏のことば註（一）～（四）・パラマッタ・ジョーティカー』（春秋社　二〇〇九）
及川真介訳註『仏の真理のことば註（一）・ダンマパダ・アッタカター』（春秋社　二〇一五）
中村元訳『ブッダの真理のことば・感興のことば』（岩波文庫　一九七八）
片山一良『ダンマパダ・全詩解説』（大蔵出版　二〇〇九）
福井文雅『般若心経の歴史的研究』（春秋社　一九八七）
小峰彌彦・勝崎裕彦・渡辺章悟編『般若経大全』（春秋社　二〇一五）
中村元『般若経典』（東京書籍　二〇〇三）
宮坂宥洪『真釈・般若心経』（角川ソフィア文庫　二〇〇四）
金岡秀友校注『般若心経』（講談社学術文庫　二〇〇一）
竹村牧男『般若心経を読みとく』（大東出版社　二〇〇三）
立川武蔵『般若心経の新しい読み方』（春秋社　二〇〇一）
宮元啓一『般若心経とは何か』（春秋社　二〇〇四）

原田和宗『「般若心経」成立史論』（大蔵出版　二〇一〇）
平野純『謎解き般若心経』（河出書房新社　二〇一五）
長尾雅人・桜部建訳『宝積部経典』大乗仏典第九巻（中公文庫　二〇〇三）
真宗聖典編纂委員会編『真宗聖典』（東本願寺出版部　一九七八）
内田樹『村上春樹にご用心』（アルテス・パブリッシング　二〇〇七）
『宝島30』一九九六年二月号（宝島社）
岸田秀『ものぐさ精神分析』（青土社　一九七七）
三枝充悳・岸田秀『仏教と精神分析』（青土社　一九八二）
渡辺章悟『金剛般若経の研究』（山喜房仏書林　二〇〇九）
季刊『考える人』二〇一〇年夏号（新潮社）
横山紘一『唯識思想入門』（レグルス文庫　一九七六）
横山紘一『阿頼耶識の発見』（幻冬舎新書　二〇一一）
結城令聞『唯識三十頌』（大蔵出版　一九六五）
大竹晋『唯識説を中心とした初期華厳教学の研究』（大蔵出版　二〇〇七）
定方晟『空と無我』（講談社現代新書　一九九〇）
中村元『大乗仏教の思想』中村元選集〈決定版〉第二十一巻（春秋社　一九九五）
S・ラーダークリシュナン『インド仏教思想史』三枝充悳・羽矢辰夫訳（大蔵出版　一九八五）
佐藤幹夫『村上春樹の隣には三島由紀夫がいつもいる』（PHP新書　二〇〇六）
平野純『はじまりのブッダ』（河出書房新社　二〇一四）
平野純『ゼロの楽園』（楽工社　二〇〇八）
木村清孝・吉田叡禮訳注『華厳五教章・金獅子章・法界玄鏡』（大蔵出版　二〇一一）
吉津宜英『華厳禅の思想史的研究』（大東出版社　一九八五）

日本古典文学全集『仮名草子・浮世草子集』（小学館　一九七一）
日本古典文学大系『仮名草子集』（岩波書店　一九六五）
『近世文芸叢書・三』（国書刊行会　一九一二）
大桑斉『民衆仏教思想史論』（ぺりかん社　二〇一三）
池波正太郎『梅安蟻地獄』（講談社文庫　一九八〇）
池波正太郎『殺しの四人』（講談社文庫　一九八〇）
河出書房新社編集部編『村上春樹「1Q84」をどう読むか』（河出書房新社　二〇〇九）
河出書房新社編集部編『村上春樹「色彩を持たない多崎つくると、彼の巡礼の年」をどう読むか』（河出書房新社　二〇一三）
洋泉社編集部編『増補改訂版・村上春樹全小説ガイドブック』（洋泉社　二〇一三）

[著者紹介]

平野 純（ひらの・じゅん）

作家・仏教研究家。1953年東京生まれ。東北大学法学部卒。
1982年「日曜日には愛の胡瓜を」で第19回文藝賞受賞。
作家活動と並行してパーリ語、サンスクリット語等を習得し、
仏教（特に仏教理論と現代思想の関わり）を研究。
著書　『はじまりのブッダ』（河出書房新社）
　　　『謎解き 般若心経』（河出書房新社）
　　　『ゼロの楽園』（楽工社）
　　　『三昧般若経』（無双舎）
論文　「村上春樹:〈ゼロ〉をめぐる現代の悪魔祓い」『国文学 解釈と鑑賞』（至文堂）所収
　　　「〈喪失〉と〈再生〉のリフレイン」
　　　『村上春樹「色彩を持たない多崎つくると、彼の巡礼の年」をどう読むか』
　　　（河出書房新社）所収ほか。
Webサイト「村上春樹と仏教」（http://www.bukkyou-bungaku.com/）を主宰。

村上春樹と仏教

2016年4月11日　第1刷

著者　平野 純

発行所　株式会社楽工社
〒160-0023
東京都新宿区西新宿7-22-39-401
電話　03-5338-6331
www.rakkousha.co.jp

DTP　株式会社ユニオンワークス
印刷・製本　倉敷印刷株式会社
装幀　水戸部 功

ISBN978-4-903063-75-1